校园文摘 二

Xiaoyuan Wenzhai

第十三个星座

拾 令 宋和煦 尹宗国 邓伟韬
党晨阳 慧 超 傅于桐 木 扬 / 等著

中央编译出版社
CCTP Central Compilation & Translation Press

图书在版编目（CIP）数据

第十三个星座 / 拾令等著．
—北京：中央编译出版社，2015.3
（校园文摘系列丛书 / 万亿主编）
ISBN 978-7-5117-2351-2

Ⅰ．①第… Ⅱ．①拾… Ⅲ．①作文－中学－选集
Ⅳ．① H194.5

中国版本图书馆 CIP 数据核字（2014）第 234349 号

第十三个星座

出 版 人	刘明清
出版统筹	董　巍
责任编辑	邓永标
责任印制	尹　珺
出版发行	中央编译出版社
地　　址	北京市西城区车公庄大街乙 5 号鸿儒大厦 B 座（100044）
电　　话	（010）52612345（总编室）　　（010）52612371（编辑室） （010）52612316（发行部）　　（010）52612317（网络销售） （010）52612346（馆配部）　　（010）55626985（读者服务部）
传　　真	（010）66515838
经　　销	全国新华书店
印　　刷	北京威远印刷有限公司
开　　本	710 毫米 × 1000 毫米　1/16
字　　数	206 千字
印　　张	14
版　　次	2015 年 3 月第 1 版第 1 次印刷
定　　价	29.00 元

网　　址：www.cctphome.com		邮　箱：cctp@cctphome.com	
新浪微博：@中央编译出版社		微　信：中央编译出版社（ID：cctphome）	
淘宝店铺：中央编译出版社直销店（http://shop108367160.taobao.com）（010）52612349			

本社常年法律顾问：北京市吴栾赵阎律师事务所律师　闫军　梁勤
凡有印装质量问题，本社负责调换。电话：（010）55626985

目录
CONTENTS

校园文摘
Xiaoyuan Wenzhai

CONTENTS

▶ 亲情树

▶ 鬼马狂想曲

CONTENTS

CONTENTS

CONTENTS

繁星梦

第十三个星座

文 / 拾令

最闪耀的物质背后往往隐藏的是一片巨大无比的黑暗，就如同天上那十二个星座，它们的背后并不是那闪耀着曙光的璀璨，而是隐匿着一个巨大无比的黑洞。人类说黑洞是可以吸收任何物质的，包括光。但事实上，正是因为光的无穷无尽，才导致黑洞在不断吞噬了它们之后却仍旧留有残余，所以只能紧随其后，永不分离。

人们总爱在晴朗的夜晚时，无论何时何地，抬头仰望星空，美其名曰享受自然，享用一整片繁星所洒下来的璀璨，再由此发出一遍遍的感叹——真美啊！人们总是自大地认为自己拥有一双明智的可以捕捉真善美的慧眼，也总是认为自己是大自然所创造的最美的生物。所以他们便用捕捉到的星空，臆造了十二个星座，以此代表他们每一个人。

我一向是不屑与人们口中的那十二个星座相比较的。它们虽然拥有耀眼的光芒，但背后却是无止境的黑洞。我并非不存在，只是由于我的光芒并不耀眼，在浩渺的宇宙中很容易就被遮掩，难以引起人们的注视，甚至于黑洞也对于我的光芒嗤之以鼻，跑去屁颠屁颠地跟在她们无法战胜的星座后面，享受自己一时的快感。黑洞深知自己是一个怪物，因为它们黑暗，它们只可吞噬，而且吞噬的还是人类眼中极为美丽的、深邃的那一抹光亮。殊不知，它们面前的这永不熄灭的十二个星座，才是更为可怖的物质。

我就暂且自称为第十三个星座好了。我常常遭到人们的忽视，却又常常被人提起。人们总是会在绝境中抬头仰望那灰暗的天空时，才会感受到我的存在。因为那时候他们的眼里满满的都只有黑暗，全然没有往日的神采，那十二个耀眼的星座已经不屑出现在他们的眼中——身在绝境的人们走投无路，没有任何财产可言。

　　我是他们可以捕捉到的唯一光芒。但是要捕捉我发出的光芒并不容易。他们必须带着那一抹绝望的色彩在黑暗里摸索着，然后忍受着身心疲惫的煎熬，直至灵光一现，找寻到了我所在的那一个方向，然后不断找寻，坚持找寻，才可以发现我。

　　但是人心是可畏的，任何东西都难逃被人类抛弃的命运。当他们找寻到我，在黑暗中如同抓住一根救命稻草一般地抓住我时，他们会百般珍惜，放在手心里托着，连大气也不敢出。直至那十二个星座跳跃着重回他们的眼前，挥舞着彩色的光鞭翩然而至，我就会被他们"刷"地丢开，然后便再次隐匿，换一个方向躲藏。他们总有一天还会来找我的。

　　被抛弃的东西总免不了被冷嘲热讽的命运。十二个星座闪耀着他们的光辉在我的周围肆意地旋转。他们拥有各种美妙的身姿——憨实的巨蟹、剽悍的金牛、温婉的处女。他们拥有极为诱人的含义——金钱、爱情、权利。他们处处被人们所需，处处被人们仰望。但是，他们的光芒里饱含着的是欲望！那是连黑洞都吞噬不尽的欲望！那是人们无法逃脱的欲望！

　　我叹息，重新在自己的位置上发着自己的光芒。

　　我不在乎自己的亮度在他们面前是如此的卑微——

　　因为我明白自己是真理，是永恒，是人们真正所需的。

　　因为我明白自己是自然存在的，不是人们臆造的。

　　因为我明白自己是第十三个星座，我代表的是——希望！

奇趣香港迪士尼

文 / 邓伟韬

　　想必大家都知道香港的迪士尼乐园吧！我在暑假里就去过，而且还玩得很开心。

驰车天地

　　一进大门，我就直奔"飞越太空山"，因为早在去的路上，导游就告诉我们，迪士尼乐园里最刺激的就是飞越太空山了。因为有太多的人玩"飞越太空山"，我们只取到了下午一点的票。没办法，我们只能先去玩其他的项目了。

　　在惋惜地走出飞越太空山的大门后，一辆火红的赛车像发了狂似的从眼前的天桥呼啸而过，引来目光一片，惊叫一阵。继而众人纷纷向终点跑去，也想玩一玩。好奇心驱使我也跟着跑了过去，而且还跑到了前头。原来，这是一个让自己驾车的趣味游戏，叫"驰车天地"。

　　"前面没几个人排队，太好了！"想着，我便立刻冲了进去，抢着坐上了一辆淡蓝色的车。这次我"占领"了驾驶座，平时都是"驾驶员"的妈妈只好"委屈"地坐在副驾驶座，当起指导员来。"丁零零，丁零零"，随着清脆的铃声我们开始了游戏。我紧握方向盘，脚踩油门，驾着飞越车一会儿上升，一会儿下降，一会急转。一会儿仿佛来到了翱翔在天空的飞机上，一会儿仿佛变成了在洗衣机里打转的脏衣服，一会儿又仿佛在玩蹦极不停地往下坠。

尽管如此，我仍觉得不够刺激，依然紧踩油门，想再来一个俯冲。就在我尽情享受车辆飞驰所带来的无限快感的时候，幽深的丛林里突然传来一阵狮子的怒吼，仿佛就在耳边响起，吓得我……

飞越太空山

终于盼到了下午一点，我和妈妈可以去玩飞越太空山了！

"飞越"车跟普通赛车没有什么区别。一坐上车，我就觉得自己心跳开始加速——盼了一个上午据说是最刺激的游戏终于可以开始玩了。还没怎么反应过来，车就开动了。

一开始，车的速度十分缓慢，在穿过一块紫色的布进了一个"洞"之后，周围立刻电闪雷鸣起来。轰隆隆的雷声不停地在头顶滚来滚去，时不时还有闪电打在前面的铁轨上。当时，我可真吓坏了，真怕到被闪电劈的那个地方被电一下。可事实证明，我的担心是多余的，等我们到了那个地方，闪电已经被抛在脑后了。

就这样，我们的飞越车有惊无险地穿过"雷暴区"，进入了"神秘宇宙"。进入"神秘宇宙"后，先是一片漆黑，在边走边连续转了四个九十度的大弯后，呈现在眼前的是一片璀璨的星空。星星上上下下，布满整个"夜空"，在黑暗中显得十分明亮、耀眼。不时还有几块黑云，在"夜空"中飘动，使星星忽隐忽现。另外，还有太阳和各种行星魔术般地瞬间来到面前，看得我心中十分激动。

"竟然可以看到真实的'太阳'！"这个念头刚冒出来，一个急转弯就差点把我甩出去。此时，"飞越"车已经成了太空里的"飞船"，越往前飞，飞越船的速度越快，转弯的角度也越大。这不，身子才和地面成九十度，紧接着又是一个急转弯，而且速度居然忽地再次提升，像发了疯似的猛往上窜，可还没等心脏归位，它又忽地一个九十度的直线下降……

不仅如此，它还有各种"倒立"和"翻滚"！就在觉得"必死无疑"的时候，它又忽然一个九十度的转弯，把我们平稳地送回了地球妈妈的怀抱，让我们"重见光明"了。

灰熊山谷

灰熊山谷也是个好去处。

在一辆煤车里有几个座位，我和妈妈坐进去后就开始了。才一开始就冲刺且倒立，直把我兴奋得大呼狂叫。再看妈妈，她早已被吓得双目紧闭，面部惨白，根本不敢看车外一眼。说时迟，那时快，就在我扭头看妈妈的那一瞬间，我们到了一个熊洞。只听熊大叫一声，我们的车就冲了出去，一下子就冲到一个九十度坡的坡底，停下了。"车终于停了，要是继续往上爬，非得撞上山顶那个废弃的火车头不可！"——早上排队的时候，我就看到了山顶那个被土埋了一截的火车头。

正当我兴高采烈，庆幸不已时，车又开始慢慢地上那九十度的坡了。越往上离火车头便越近，眼看就要撞上时，煤车忽然一个急停，然后飞速倒车，又回到了那个熊洞。熊瞪了瞪我，大吼一声，好像在说："又是你们！"又是一次惊心动魄的冒险。

出来时，我高兴得手舞足蹈，可妈妈就有些晕头转向了。

后来，我还去了唐老鸭剧场和"丛林冒险"。在剧场，我被唐老鸭那古灵精怪的滑稽动作逗得前仰后合；在丛林，我坐在一只小小的黄杯子里有惊无险地冲出了这片广袤的"森林"……那天，我一共玩了九个项目，每个项目都给了我留下了深刻的印象，真是一趟奇趣之旅！

可爱的小棕熊

文 / 杨晨

　　我有很多玩具，它们陪伴我度过了快乐的童年。其中，我最喜欢的是那只小棕熊。它现在虽然很旧了，可我一直舍不得把它扔掉。每次看见它，我就会想起那件往事。想着想着，就有百般滋味涌上心头。

　　那是好几年前的事了。那时，我还在上幼儿园呢。

那天是周末，妈妈带我去山大威海分校参加一个爱心联谊活动。那天去参加活动的人很多，有大人，也有孩子，更多的是山大的学生。活动开始了，大家表演的节目真是丰富多彩，有唱曲，有舞蹈，有讲故事，我看得目瞪口呆。最后一个节目是大家即兴表演，好多家长和孩子都上去表演了。妈妈说："宝贝，你也上去表演一个吧。"一听这话，我的心情一下子紧张起来，连忙说："我有什么特长啊？"妈妈说："你也会唱歌、讲故事呀。""别人表演得那么好，我上去出了丑怎么办？"无论妈妈怎么说，我都无动于衷。

表演结束后，主持人开始给表演者发礼品。我看着看着，心里十分羡慕，心想：要是我刚才也上去表演就好了，得到一份礼品该多好啊。在那些礼品中，我最喜欢其中的小棕熊。它的眼睛亮晶晶的，脖子上还围了一条可爱的围巾呢！

活动快结束时，大家都陆陆续续地走了。我望了望那个礼品箱，看到里面还剩下一只小棕熊。它微笑着，静静地坐在那里，仿佛在跟我说："快来抱我啊，我可是你最喜欢的小棕熊啊。"

这时，主持人阿姨走过来，说："小朋友，你喜欢这只小棕熊吗？喜欢就拿走吧。"

我急忙说："喜欢！可是——可是我没表演节目呀。"说着，我惭愧地低下了头。

阿姨笑了，说："你喜欢就送给你了。"

一听这话，我激动万分，连忙说："谢谢阿姨。"

我抱着那只可爱的小棕熊，蹦蹦跳跳地来到妈妈面前。妈妈说："希望你下次通过自己的努力赢得奖品啊。"

直到现在，那件事还历历在目。每次看到小棕熊，我都勉励自己要勇于展示自己。

那只可爱的小棕熊时时在激励着我，督促着我不断战胜自己，超越自己。

硬币变干净了

文 / 孙嘉阳

上周周末，我去买菜时将一个五角硬币递给卖菜的老奶奶。老奶奶拿起硬币一看，眉头紧皱："这是什么硬币呀，表面都是绿色的，多脏呀，我才不要呢！回家洗都洗不掉。"说着，又把硬币抛给了我。我一看，确实是，硬币表面几乎被肮脏的墨绿色包围着，谁把它放到口袋里都会不高兴。

怎样才能让这枚硬币变得干净点呢？回家后我把硬币放在水龙头下面冲，用手狠狠地搓，没一会儿，我的手上就多出了几条红色的印子，而硬币上的墨绿色却"毫发无损"，而且那墨绿色的脏点好像变亮了，仿佛在嘲笑我说："你真是个大笨蛋，想打败我，没门！"

我也有些生气了，便拿出肥皂，心想："这下你可完蛋了，污渍呀，这回你的寿命不长了！"我把肥皂抹在污渍上，再次用力搓它，可它仍旧像一个顽皮的孩童，瞪着脏兮兮的大眼睛，轻蔑地看着我："怎么样，还是不行吧！"

我又拿起镇"衣"之宝——洗衣粉。然而硬币上的污渍仿佛越来越顽固，越用力污渍越不掉，这回它高兴了："看来我是天下无敌的，你们想尽办法都不能打过我！"

到了晚上，我拿着妈妈做菜剩下的柠檬玩耍，不小心将柠檬汁挤到盘子里。我本想把柠檬汁倒掉，却又转念一想："柠檬汁能不能将我的硬币变干净呢？这样我就可以拿它去买菜了！"

于是，我拿来那枚狂妄自大的硬币，心想，"这次我一定要打败你。"我把它放到有柠檬汁的盘子里。一开始，我细心观察它，发现它并没有什么变化，我就走开了。结果，我把这件事给忘了。

过了五天，我突然想起这件事，就连忙跑去看。我看到盘子里有许多绿色的漂浮物，这些漂浮物一副耷拉着脑袋、无精打采的样子。我激动不已，连忙将硬币取出。看！这枚硬币金光闪闪，犹如一块美丽的金子，之前包裹它的污渍无影无踪。

看来，柠檬汁可以去掉硬币上的污渍。后来，我在电脑上查了一下，原来硬币表面镀有一层铜，长期放置在空气中铜会氧化变成黑色或墨绿色，这层物质叫作氧化铜。而柠檬汁中的果酸会和氧化铜发生化学反应，分解这层氧化铜，所以硬币又恢复了原来的光泽。

后来，我又去那个老奶奶家买菜，当我告诉她这是上次那枚肮脏的硬币时，她怎么也不相信……

"小坦克"

文 / 欧阳奕帆

最近，我家新添了一个成员——小乌龟。它个头不大，只有一块橡皮大小，却勇猛得像一台坦克，所以我就给它取了个名字，叫"小坦克"。

小乌龟的头就像一块三角形的小飞盘。在小飞盘上，安着两颗比芝麻还小的眼睛——虽然小，却整天滴溜溜转个不停。再加上像举重运动员的手一样强壮有力的四肢，十三块小背甲组成的铠甲，还有一条挥起来呼呼生风的"鞭子"，一台威风凛凛的"小坦克"就出现在你的面前。

小坦克虽然看起来勇猛无比，却懒得要命。每当太阳照进阳台时，它就四肢慵懒地漂浮在水面上晒太阳。在这个时候，就连我把食物扔进鱼缸，它也不理不睬，一心一意地晒它的太阳。只有食物漂到嘴边，它才会不紧不慢地张开嘴巴慢吞吞地来一口。在给鱼缸换水的时候，小坦克依然懒洋洋的，一动也不动地任由水流冲刷它的身体，即使身体被冲了个四脚朝天，它也毫不在乎，只是把头颈、尾巴、四肢都缩在龟壳里，半天也没有丝毫动静，就像死了一般。

小坦克可淘气了，不是装死就是和我较量。瞧，它又在装死了。你看它双眼紧闭，一动不动，任你怎么摆弄它也没有任何反应，好像真的死了一般。就在你玩烦了、玩腻了，以为它是真的可能死了的时候，它却前脚一划，后脚一蹬，"蹭蹭蹭"三下两下就爬到石头上。只见它探出小脑袋，还不忘用一只前脚擦一擦眼睛，并摸了摸额头，做出一种瞭望的姿态——就像是将军在巡视自己的领地一般——漠视一切。有一次，我用牙签想把小坦克弄个仰八叉，谁知它却瞪着那双凶巴巴的小眼睛，张牙舞爪地来顶牙签。看着它张大的嘴巴，好像要咬掉我的手指似的，吓得我心里忍不住地"咯噔"一下："得！好汉不吃眼前亏，我还是放你一马吧！"

小坦克还身怀绝技呢！除了吃饭能像猪八戒吃人参果那样，张开嘴巴，"吸溜"一下就把食物吸进肚子里，翻跟头它也是一把好手呢！那天我把它掀翻，把它四脚朝天地翻了过来。小坦克立刻就把头、脚都缩进了龟壳里，只伸出小尾巴在水里左右摇摆，好像在试探着什么东西。我观察了半天才明白，它这样做是为了保持身体的平衡。过了好一会儿，小坦克才先伸出左后脚，碰了碰尾巴，又伸出右后脚在水中划了划。大概是觉得没有危险了，才把头和两只前脚伸出来，慢慢地在水里漂浮着，一点儿也不着急。当漂到鱼缸里的石头旁边时，只见它头一扭，左前腿和左后腿用力在石头上一蹬，一个漂亮的单手俯卧撑，一下子就将整个身体翻了过来……

勇猛的小坦克虽然有些懒惰和淘气，但我还是一样喜欢它，因为它给我带来了无尽的快乐。

我给弟弟当老师

文 / 何文蕊

弟弟上幼儿园了。一次，他们老师让每个小朋友把自己的名字写到作业本上。弟弟不会写，回到家后跟奶奶哭鼻子。

我问弟弟："你为什么哭啊？"

弟弟说："老师让我们把自己的名字写到作业本上，可是我不会写啊！"

我笑着说："那很简单，我可以给你当老师啊！"

弟弟立即破涕为笑，拿出本子和笔让我教他。

我先在本子上一笔一画地把弟弟的名字写出来，然后让弟弟照着我写的字写。弟弟拿着笔，在我写的字后面照着比画半天，还是不会写。我便握住弟弟的手，手把手教弟弟写。几遍下来，弟弟终于学会写"文"字了。

第二天放学后，我又接着教弟弟写"何"字。弟弟学会"何"字后，我开始教他写他名字中笔画最多的"博"字。

这个"博"字学了一个礼拜还是不会写，弟弟就有点灰心了。我对弟弟说："'博'字由三部分组成，先写左边的'十'字，然后再写右边的'甫'和'寸'，一部分一部分的写会简单很多。不要灰心，慢慢写，一定能写会。"

在我的循循善导下，弟弟终于能写出自己的名字了。当弟弟把自己

写得歪歪曲曲的"何文博"三个字拿给爸爸看时，爸爸高兴地说："何文博真棒，字写的很好。不过这功劳大半是你姐姐的。你姐姐会当老师了！"

听了爸爸的话，我高兴得合不拢嘴。

梦

文 / 傅于桐

天空的梦是白色的，
天空的梦在白云里。
白云一伸懒腰，
化成千万颗雨点，
它用梦滋润着小草。

大海的梦是蓝色的，
大海的梦在浪花里。
浪花轻吻着沙滩，
把我的脚印淹没，
它把梦藏在那里。

大树的梦是红色的，
大树的梦在果实里。
果实落在地上，
我捡一个轻轻咬一口，
梦的汁水流入我心里。

（本文原发于江西《小猕猴·学习画刊》2013 年第 7 期）

花

文 / 傅于桐

春天的一抹粉红的彩霞——
夹着一丝黄的绿，
你呀，花，
沉睡在冬天的夜里，
生在春天的清晨里！

蓝色的脸颊，
有着一丝莞尔的笑，
在根部——你的嘴中，
夹着一个春天的温暖。

卷起花蕊，
藏着春的秘密，
嗬，花呀，
你的甜蜜藏住了春。

你咬着冬天的寒冷，
迎接春天的到来。

你笑容已冷却，
内心却已解冻。

你是穿蓝衣的天使，
身着朴素，
却把最美的祝福，
献给春天。

（本文原载福建《宁德晚报》2013 年 12 月 30 日）

为风所想

文 / 滕卢涛

　　天开始微微的冷起来了，冬天的气息，越发的浓厚。恰逢阴天，窗外一样的安静，就这么的被灰色包裹着。哀而不伤，喜欢这种凉飕飕的风穿过手臂和脖颈，间或钻进衣袖的感觉。说不清的惬意。

　　很容易的就开始怀念，怀念这种时候的早晨，捧着个冒着热气的煎饼，兜里还塞有捡来的落桂，在教室门口等着值日的同学来开门，充满成就感，忘记那时候想过什么，总之是没有烦心事的。

　　还有个这样的日子，拜访一个朋友，住在山中，路的坡度很陡，洒满了落叶，深褐色的。不艳，一如远处灰青色的山，看得不太真切。

　　四周有砖瓦砌成的矮屋，但是无一例外的无人居住。外面有个石砌的小院子，有个水缸，里面养着两只老龟，朋友说是洪水冲来的。老龟一直没动，像是在沉睡了。这种日子，确实适合沉睡，尤其对于老的事物。

　　在他家坐了一下午，很松散地聊着。屋外的山风呼啸，听不太清对方的言语。那就无言。偌大的屋子里只有粗糙的白墙。没什么摆设，很空旷，顿时就显得寂寥了。难以承受安静的我，似乎在那时开始，才学会享受一些安静。

　　后来，爱走在河岸边，跟着长栏直通进山腹。放学回来的时候，不想回到住的地方，背着个大书包，哼着不知名的歌谣。

卵石，苇荡，老桥，全都带着灰蒙蒙的悠远感。还有穿着薄衣的我，一起被风吹得摇荡。挠着每个细微的毛孔，努力的证明着自己的存在。

小小的头脑里，在思索着无数，是否是那时，我开始思考死亡，思考它也会是如此的灰色，有怅然，但无可怕，就像这风，或许冷，但不会让人发抖。

如今坐在电书桌前，安静地看着窗外。近处是树，远外有山，都这么安静的看着世界，被世界看着。看着风，有些晕眩。

青春驿站

寻 找

文 / 沐曦

敲下"寻找"这两个字眼，仿佛看见一个孩子提着竹篮在沙滩上仔细地找寻贝壳，小小的身影，在夕阳下留下淡淡的影子，寂寞的，却又是执着的。

我们一直在寻找，寻找着内心深处最真的自己。

——题记

（一）

朋友匆匆跑来告诉我，我最喜欢的老师回学校了，在学校操场。此时，所有的理智都已溃不成军，我随即丢下笔，向操场奔跑过去。

黄昏，余晖在操场上洒下金色的光。我的心情复杂得无法用语言来形容，唯有一个信念一直坚定——不管多久，我一定要寻找到她。

脚步绕着绯红的跑道一圈圈地寻找，视线跟着不断移动的双脚，在天地间反复追寻，却始终没有见到那个熟悉的身影。

当初，我就坐在她的课堂里，望着她慈爱的脸庞暗自欣喜。而如今，我们已经半年多没有见面。我不知道这次不见，相聚之期会到何时。她到底去了哪儿呢？无论在哪里，我都要找到她！

我蹲在路边，双手扶在膝盖上，大口大口地喘着粗气。我怔怔地望着天边的霞光渐渐淡去，听着尖锐的上课哨声催促着我回去。我失望地望着逐渐暗淡的日光，但最终还是倔强地又一次转身冲向操场。我觉得那时候我已经失去了理智，或许谁来阻拦我都没有任何用处，我的想法只有一个，找到她，哪怕只是见她一面！

操场上的人群朝着和我脚步相反方向的教室走去，喧闹的操场不久便静寂下来。我抬起头，无助地环顾四周，就像是一个孩子弄丢了心爱的玩具——我急得几乎快哭了出来，因为我终究还是没有见到她。

回到教室的时候，班主任铁青着脸问我去了哪儿。我低头不语，只是轻声告诉他，我在寻找一个很重要的东西。他看我失落的模样，反过来安慰我："没事，找不到就算了。"我点头，却又不愿屈服。

是，缘分这种东西，可遇而不可求，只是，就算没找到，至少我曾经寻找过，我遵从了我的内心去寻找过，无论结果如何，都不会有遗憾。

（二）

玉兰是一种奇怪的花，在早春时节，先开花，再长叶，不顾旁人的疑惑，兀自幽魅，兀自芳香。然而，我要何时，才能寻找到内心深处的自己。

在很多人眼里，我是个乖巧的女孩，虽不懂得甜言蜜语的讨好，但上进，总是抱着一种恭敬的姿态去听大人的每一句话。只是，我心里却有我自己的梦想。

我想打破"懂事"的枷锁，去寻找自己的天地。

我希望我是个懒懒的女孩子，不要用那么多的睡眠去换取试卷上可怜的分值；我希望我是个并不很乖的孩子，偶尔偷懒不去操场跑步和集会；我希望在假期可以没有补习班，有一张机票，有一场旅行，带我飞向遥远的地方。我又何尝不想洒脱地不在乎别人的看法，毕竟，听话的我是在为父母而活，而那个有些小叛逆的我，才是为自己而活。

然而，做到这些谈何容易，稍一过头，就成为不折不扣的坏小孩。我寻找着好与坏平衡的支点，我寻找着象牙塔上的属于我的明灯。我翻开落落的《年华是无效信》，我看着郭敬明的《小时代》，我在书中主人公的青春中，寻找我自己的青春。如果可以，我也想谈一场轰轰烈烈的恋爱。但我希望，男主角和女主角最后有童话般完美的结局。

我想做个平凡的坏坏的好孩子。有那么些的轻狂和不羁，奏着属于自己的乐章。我不喜欢少年空赋强说愁的矫情，不喜欢娇娇弱弱的女子模样。

但无数次地寻找，无数次地迷途。青春，就在寻觅中倏忽而过。曾经，我挣扎着把爱幻想的自己活生生地拽回现实，又在梦中遇见安徒生，牵着我的手，把我带回幻想的世界里，我在现实和幻想之间寻找最适合生存下来的自己。

寻寻觅觅，觅觅寻寻。

我始终是大海里的一叶孤舟，浮浮沉沉，在黑暗中寻找自己的位置。

青春依旧在继续，寻找依旧在继续。

或许有一天，当我老去，坐在吱吱呀呀的摇椅上回味着往事，那时，我已看破红尘返璞归真，我可以随意可以任性，而我，也已经寻找到了最真实的自己。

望 穿

文 / 梁斌航

一个人望着窗外出神，作势要望穿什么？

入冬，天气渐凉。在这样的天气里，人们都把自己裹在绵柔的衣服里，像一只有着绒毛的小动物。如果你有个贴心的朋友，那么你是不用担心这个冬天的寒冷了。

悠悠和小白是一对亲密的朋友，悠悠，生来就是很虚弱的样子，小白一直贴心地照顾着这位朋友。悠悠的身体不是很好，感冒之类的小病经常是家常便饭，小白便像一个医生兼药箱，各样的应急药都带在身上。除此之外，悠悠最大的毛病就是不按时吃饭，胃病就是这么被她惯出来的。小白需要每天三次地提醒她吃饭，可是悠悠的胃病却依旧没有好转。悠悠还是一个很美好的女子，她有着干净的面容，一双澄澈幽黑的瞳。如果你直视她的眼睛，可能会被摄取心魄吧。但这一双眼睛却是时常望向窗外，呆呆的没有一丝波澜。单薄的身影与窗外一片萧森融成一景。

可是最近悠悠的脸色越来越苍白了，愈发显得缥缈得让人抓不住也留不下。但她总是有这样的闲情，静静地望着窗外也能待上一天。夜深了，望着一片漆黑中的一盏孤灯，却好似找到了归属感。"如果有一天你发现我不见了，一定要相信我还会回来的。"

这是悠悠对小白说过的比较矫情的一句话了。虽然他们是一对亲密的小伙伴，但是有许多话还是不好意思说出口的。小伙伴是注重他们之间的友谊的形式，他们从未吵过架、闹过别扭。有人说淡交能使友谊长青！他们深交却使彼此难忘。

悠悠最近胃痛得越来越频繁了，一天不疼都不正常。小白知道的时候悠悠已经是胃癌晚期了。现在她有更多的时间来望着窗外发呆，却更加吃不下东西了。她在慢慢地等着佛家所讲的极乐天国，那里天花飘落、檀香弥漫。小白每天陪着她，一直等到悠悠飞到彼岸的那一天。他不知道悠悠还会不会回来？但是他还是要等。

世界上每一个变化，都是生命艺术的零件，因为它们的分离、破灭、消亡，虽不能控制，却融合在一起，缔造出完整的一生。自己一生缔造，通通列入艺术品的碎裂。但是，残缺也是美。

微笑参透，覆水难收

文 / 王淑荣

舞台上轻柔的音乐响起，陌看到自己的身影随着幕布的升起开始起舞。一个个高难度的动作跟随着陌的身影摇摆，无可挑剔的技巧，近乎完美的舞姿：脚步宛如蜻蜓点水，身子敏捷得像只小鹿……快到谢幕时，陌突然一个跟跄摔在舞台上。场下一片哄笑。陌回过神，急忙起身。观众们因为陌的狼狈相笑得更厉害了。

陌尴尬地站在舞台上不知所措，学校的礼堂一片喧哗，校长的脸色异常难看。直到主持人上来宣布下一组上台表演时，陌才像只老鼠一样下了台。陌坐在后台的休息室里，面对四面八方的指责，无语。

除了陌和殇，谁都不知道，陌的失误，是有原因的。陌在摔倒的前一秒，看到了一个熟悉的身影，这个身影像极了一个让陌的生活充满愧疚的人。陌在看到这个身影的同时，多么希望这个身影是她。这样，陌还有机会去补偿。可惜，不是她。陌呆坐在那里，往事如洪水般涌来，压得她的心头喘不过气。

殇走过去，搂住陌的肩膀，她知道陌心里在想些什么，她也知道，陌所希望的那个身影是谁。殇的思绪随着陌肩膀的一下下抖动，回到了她们初遇的那段日子里：

殇当初走进这个所谓全校最无厘头的社团时，放眼一看，屋子正中央摆着一架钢琴，一个女孩正在弹《土耳其进行曲》。右面是一排衣架，衣架上挂着时髦的衣服，其中一个衣架上的衣服是专用的舞服。右墙角是更衣室，更衣室的门上贴满了明星海报。钢琴后是一个不大的舞台，舞台的天花板上镶满了大大小小的镜子，什么形状都有。殇心想，难怪这里会被称为无厘头社团，真是"名副其实"。殇的目光缓缓地移动左边，看到左面的墙上挂了许多相框，墙上布满了涂鸦。这时，音乐停了。

弹琴的女孩看到满屋乱走的殇，开口问道："请问……"

殇回过头看了女孩一眼，没回答。

女孩笑了下，继续道："我是这个社的社长，请问你有什么事吗？"

殇拘谨起来："我、我……"

"嗯？"女孩期待着殇的下文。

殇鼓足勇气道："我想加入你们社，行吗？"

女孩眼睛变得雪亮："真的？没问题，从现在起，你就是我们社的第三个社员啦！"女孩随即抓住殇的手剧烈摇晃起来，生怕她逃跑似的，然后冲里面喊了一句："陌，快出来！我们有新社员了！"

这时，从更衣室里走出来一个与社长一身休闲装、头发随意披散在肩上形成鲜明的对比的，身着裙装、头发利索地盘起来的女孩。这个被唤作陌的女孩冲殇莞尔一笑："你好，我是陌，这是社长樱。欢迎你加入我们社。"

"你们好，我叫殇。"

从此以后，殇就和这两个可爱的女孩生活在了一起。在殇的眼中，陌是一个文静美丽的女孩，她从小学习舞蹈，走起路来像天鹅一样美。另外，陌的脾气也很好，很有礼貌，简直就是一个完美的人。樱呢，则是一个大大咧咧的女孩，有时甚至不像个女孩。樱做事丝毫不拘束，吃饭时总能见她咧个嘴，要么跟人煲电话，要么滔滔不绝地讲八卦，汤汁能溅到三米外的人一身。每次她们三人出去吃小火锅时，陌和殇总想逃走。殇给人的感觉则是沉默，她总是一言不发地干好很多事，"开朗点"是樱和陌对她说的最多的话。

自从她们成立了这个只有她们三人的社团，社团的名字就频频出现在校报上。不是陌参加舞蹈比赛获得多少奖项，就是樱在哪个钢琴比赛得了冠军，不然就是殇拍了好照片刊登在校报上。她们这个社团出了名，有很多人慕名想参加，但不管对方有多么好的才华，她们总是拿人满为由拒绝。她们就这样嘻嘻哈哈，走到了毕业。

分别这天终究到了。那天她们站在这个曾经的社团，凝视着一切：钢琴被装饰成了皮卡丘，舞台边堆满了易拉罐，更衣室里摆满鞋子，衣架里增进了许多从地摊上购来的漂亮衣物，相框里换上了她们的合影，涂鸦墙换成了她们的祝福，天花板的镜子里留下了她们的影子……一切都是那么熟悉，又那么让人看着心酸。这里承载着她们太多的往昔，离开了它，等同于离开了曾经的她们。每个人都像是失去了灵魂，让她们怎么舍得放手呢？

陌忍不了，她快要哭出来了。但她知道，她不能哭，如果她哭的话会让她们更加的不舍。陌转身跑了出来，泪水随风飘落到地上。樱追了上去，殇也赶快跟上。陌跑着跑着，跑到了公寓楼跟前。公寓楼上的花盆正巧跌落下来，眼看就要砸到陌了，樱伸手推开了陌，自己的手却被花盆砸中，顿时鲜血直流。周围的人很快拨打了120。看到这一幕，陌吓得瘫坐在地上，殇则在旁边默默地站着。她们看见人们手忙脚乱地把樱送上了救护车，她们看见有不少人跟着去医院，她们看见樱苍白的脸虚弱地对她们挤出了个微笑，她们还看见了很多……

那天，她们在医院的走廊里待了一个晚上。医生说樱的生命无大碍；医生说樱的手只是骨折，休养几个月就没事了；医生说樱的手不能再弹钢琴了；医生说樱不怪她们……医生说得太多了，多到她们无法接受。

后来，陌遂了自己的心愿，当了一名舞者，殇成为了陌的摄影师。

而樱呢，出院后杳无音信……

在这个安静的夜晚，看着怀里渐渐睡着的陌，殇想起了海子的诗句"站在万劫不复的街头，微笑参透，覆水难收……"

浅谈高中生恋爱现象

文 / 阿达

拟标题的时候我想了很久，最初的标题我写的是《浅谈高中生早恋问题》，可是认真审视一番，才发现自己错了很多：恋爱本没有时间的规定，又何来早晚之说？中学生谈恋爱这件事，众人褒贬不一，且尚未定论，随意地将其划归到问题中去实在是不科学。所以才有了诸君所见的题目。

恋爱无疑是人生中最值得铭记的事情之一。在恋爱中的人往往是美丽的，不仅恋人们生理上会分泌相互吸引的激素，在心理上恋人们也会双双陶醉其中，从而显得意气风发，精神振作。可惜的是，美好的事情一旦发生在"错误"的时间，世界就不和谐了。高考作为人生较为重要的转折点之一，使得高中生谈恋爱在众人眼里成了一件"离经叛道"的事。那么，从高中生自己的角度来看这件事，或许会得到我们最想要的答案。

虽然自己离开高中已经快四年了，但关于高中的记忆却一直历历在目，眼瞅着身边的同学因为恋爱问题与老师、家人斗智斗勇，每天过着抬头不见天日的"地下生活"，自己刚刚萌发起来的暗恋立刻被自己扼杀在摇篮里。高一的时候，班里成绩最好的男生与外班的女生谈起了恋爱，每天两个人只是在回家的路上相约见面，然后交换日记本，一边走一边聊，就是如此简单的相伴。偶尔遇到我，男生总是很自然地向我微笑示意，没有扭捏。即使这样纯洁的恋爱还是被"嗅觉灵敏"的班主任发现了，当着全班同学的面把男生狠狠地批评了一顿，下午就叫来了双方的家长。好在双方的家长比较开明，看到两个小孩做的并不是很过火，竟当场决定两家共同监督两个孩子的学习，弄得班主任无言以对了。

我一直不认为谈恋爱会影响学习，因为本就是互不相关的两件事，却被世俗生硬地绑在了一起。如果非要说有什么联系，只能是时间上会有一些冲突。可是，一个高中生需要花时间的事情很多，又不是只有恋爱这一件，他可以跑步，可以看书，就是不可以光明正大的恋爱，于理不通啊！许多老师和家长直接简单粗暴地将高中生恋爱与成绩下滑画上了等号，而成绩是他们最关心最重视的东西，所以所有可能影响到成绩的潜在因素都要拔掉，恋爱就是其中首当其冲的一个。高二时班里所有谈恋爱的同学都被班主任请去"喝过茶"，然后是换位子，把两个人安排到相距很远的位子，接着是请家长。所有的措施换来的结果往往是正处在叛逆时期的男女双方更加"破罐子破摔"，斗争愈演愈烈，最出格的是隔壁学校曾经出现过私奔的事，可见斗争之惨烈。

然而，恋爱并不是"毒蛇猛虎"，倘若家长与老师进行良性的引导，结果就会不同。高中强化班的一个男同学，女朋友也是强化班的，两人交往没多久就被家人发现，由于两个人的成绩都不错，加上几次家人突击检查时两人都是在探讨学习，便也就睁一只眼闭一只眼了，而男生的父亲——学校的一名数学老师更是在家里给两个人答题解惑。良好的氛围，正确的引导，两人高考均取得了傲人的成绩，男生被上海交通大学录取，女生被武汉大学录取。像这样的例子还有许多，毕竟作为学生，谁会忽略高考对于人生的影响，对于正处于美好年华的中学生而言，只要引导得当，谈恋爱只会促进他们的成长。

所以，当发现高中生恋爱，作为老师应该积极引导，对学生讲明个中利害关系；作为家长应该正确看待，不要人云亦云；作为学生则要认真对待，不要只图一时开心，误了两个人的一生。

木秀于林，风必摧之

摘编 / 张玄

木秀于林，风必摧之；堆出于岸，流必湍之；行高于人，众必非之。

——《运命论》

"木秀于林，风必摧之。"原出自三国魏人李康的《运命论》。李康所作的《运命论》旨在探讨国家治乱与士人个人出处之间的关系问题。他强调"木秀于林，风必摧之；堆出于岸，流必湍之；行高于人，众必非之"，可是志士仁人"蹈之而弗悔"，目的是为了"遂志而成名"。不想这话今天竟成了中国人古来已是嫉妒成性的证据。现代人把"木秀于林，风必摧之"理解为一个人为人处世如果不懂得收敛锐气，不懂得保护自己，事事占先，爱出风头，就会遭到危险。

东汉末年大才子祢衡，少年时代就表现出过人的才气，记忆力非常好，不仅写得一手好文章，而且非常善于辩论。

建安初年，汉献帝接受曹操的建议，把都城迁到了许昌。为了寻求发展的机会，祢衡也从荆州来到人文荟萃的许都。当时，当世大部分名流都集中在这个地方。自视甚高的祢衡却对这些名流一个也看不上眼。有人劝他结交有权势的司空椽、陈群和司马朗，以便谋得一官半职。他却很刻薄地挖苦说："我怎么能跟杀猪卖酒的人在一起呢！"又有人劝他去拜会尚书令荀彧和荡寇将军赵稚长，他说："荀某白长了一副好相貌，如果是吊丧，还可以借他的面孔用一下，别处倒用不上；赵某人是酒囊饭袋之辈，只能做监管厨房请客吃饭的工作。"为此，虽然祢衡非常有才华，却没有谁愿意任用他，也没有人愿意跟他交往。

后来，祢衡总算结交了一位朋友，这位朋友是孔子的后代孔融。

孔融非常欣赏祢衡的才气，就把祢衡推荐给曹操，希望曹操能够重用祢衡。孔融满心希望祢衡在曹操的手下能经世致用。谁知祢衡并不领情，他不但托病不见曹操，而且出言不逊，把曹操臭骂了一顿。

当时曹操正在招揽人才，比较注意自己的言行和形象，为了保持自己宽容爱才的名声，对祢衡虽然恼怒异常，但也不好明目张胆地予以加害。曹操知道祢衡善击鼓，就让祢衡做击鼓的小吏。

一日曹操大宴宾客，让祢衡击鼓助兴，想借此污辱祢衡。

没想到祢衡在换装束的时候，竟当着众宾客的面把衣服脱得精光，弄得曹操十分没面子。曹操本想杀他，又怕背不容人的罪名，后来曹操就把祢衡推荐给荆州的刘表，想借刘表之手杀他。

刘表早就听说了祢衡的大名，十分佩服祢衡的才学，所以祢衡到荆州后，刘表对他十分器重，把他奉为上宾，让他掌管文书。"文章言议，非衡不定"，荆州官府所有的文件材料，都要请祢衡过目审定，由此可见刘表对祢衡信任到什么程度。

但祢衡这个大才子的致命弱点就是目空一切，对上司刘表给予他的厚爱，他不仅不感恩，而且还常常不把刘表放在眼里。有一次祢衡有事外出，刚好有份文件要马上起草，刘表只好叫来其他秘书，让他们共同起草。几个秘书费心费力地忙了半天，好不容易才把文件写好。谁知祢衡回来后，拿起文件草草看了一眼，马上就把文件撕得粉碎，掷于地下说文件写得太臭。然后他要来纸笔，手不停挥地重新写了一篇交给刘表。

虽然祢衡写的这份文件因"辞义可观"，甚得刘表好感，但他否定其他秘书的辛勤劳动的举动，却为他埋下了灾祸的隐患——遭到其他秘书的忌恨。不久，在其他秘书的"美言"下，心胸狭窄的刘表再也不能容忍祢衡的放肆和无礼，决定除掉他。但刘表也不愿担负妒杀贤士的恶名，便把祢衡打发到江夏太守黄祖那里去了。

刘表深知黄祖性情暴躁，他把祢衡转送给黄祖，目的就是借刀杀人。

祢衡初到江夏，黄祖对他也很优待，也让他做秘书，负责文件起草。祢衡开头颇为卖力，工作干得相当不错，凡经他起草的文稿，"轻重疏密，各得体宜"，不仅写得十分得体，而且许多话是黄祖想说而说不出的，因而甚得黄祖爱赏。

有一次，黄祖看了祢衡起草的文件，拉着祢衡的手说："大才子，这正是我的意思，简直就是我心里想到而没说出来的话。"

然而，没过多久，祢衡的老毛病就又犯了。有一次黄祖大宴宾客，祢衡竟当着众宾客的面，尽说些尖酸刻薄的话。黄祖想拦住他，祢衡不但不知收敛，反而骂黄祖像个木偶似的，不但没有脑子，还爱多管闲事。

性情暴怒又心胸狭窄的黄祖，哪能忍下这口气，立即就下令把26岁的祢衡杀掉。祢衡的经世之才还没得以发挥就命丧黄泉，可悲更可叹！祢衡的死固然使人感到惋惜，然而却不让人觉得意外。作为一个秘书，祢衡对领导既不尊重，对同事又不礼貌，如此恃才傲物，看不起任何人，这样的性格脾气怎么与人友好共事？

如果祢衡要是能自重一些，有一点自知之明和容人之量，在态度上肯让人，在言辞上肯饶人，就不会死得这么早。有人说祢衡是因为生于乱世，才遭遇了不幸。但以他这样的性子，就算生在和平年代，即使没有杀身之祸，要在社会上立足也是很难的。人不可无骨气，但绝不能有傲气，这是祢衡留给我们最深刻的教训。

再优秀的人也必须学会适应环境，学会尊重别人，学会自知之明，如果一味地清高自傲、我行我素，一味地以一己之小搏世界之大，就很容易得罪别人，很容易为自己的人生埋下危险的隐患。

天外有天，人外有人

摘编 / 卫民

无论在什么时候，永远不要以为自己已经知道了一切。不管人们把你们评价的多么高，但你们永远要有勇气对自己说：我是个毫无所知的人。

——巴甫洛夫

清代有名的经学家、史学家、文学家毕秋帆是江苏镇江人，乾隆三十八年，毕秋帆任陕西巡抚。毕秋帆去陕西赴任的时候，路过一座古庙，便进庙内休息了一会儿。

毕秋帆一行人进庙时，看到一个老和尚正坐在佛堂上念经。毕秋帆的随从便向念经的老和尚说巡抚毕大人来了，谁知老和尚既不起身，也不开口，还是自顾自地坐在那里念经。

毕秋帆中过状元，英年得志，很有几分自命不凡。见老和尚这样怠慢他，心里十分不高兴。

老和尚念完一卷经之后，起身合掌向毕秋帆施礼说："老衲适才佛事未毕，有疏接待，望大人恕罪。"

毕秋帆说："佛家有三宝，老法师为三宝之一，何言疏慢？"说完，毕秋帆上坐，老和尚侧坐相陪。毕秋帆问："老法师刚才诵的何经？"

老和尚说："《法华经》。"

毕秋帆说："老法师一心向佛，摒除俗务，诵经不辍，这部《法华经》想来应该烂熟如泥。不知其中有多少'阿弥陀佛'？"

老和尚听了这话，知道毕秋帆心怀不满，故意出这道题难他。想了想，不慌不忙地答道："老衲资质鲁钝，随诵随忘。大人文曲星下凡，屡考屡中，一部《四书》想来应该烂熟如泥，不知其中有多少'子曰'？"

毕秋帆听了禁不住哈哈大笑，对老和尚的妙答极为赞赏。

随后，老和尚陪毕秋帆观赏寺院殿堂。走到弥佛殿的时候，毕秋帆指着弥勒佛的大肚子对老和尚说："你知道他这个大肚子里装的是什么吗？"

老和尚马上回答："满腹经纶，人间乐事。"

毕秋帆对老和尚的妙语不由连声称好，因而问他："老法师既然这样聪明有才，取功名对你来说容易得很。那你为什么要抛却红尘，遁入空门？"

老和尚回答说："富贵犹如过眼烟云，怎么比得上佛门一片净土！"

两人又一同来到罗汉殿，殿中十八尊罗汉神情各异，栩栩如生。毕秋帆指着一尊笑罗汉问老和尚："他笑什么呢？"

老和尚回答说："他笑天下可笑之人。"

毕秋帆一愣，马上联想到自己刚才对老和尚的无礼，问道："天下哪些人可笑呢？"

老和尚说："恃才傲物的人，可笑；贪恋富贵的人，可笑；倚势凌人的人，可笑；钻营求宠的人，可笑；阿谀逢迎的人，可笑；不学无术的人，可笑；自作聪明的人，可笑……"

毕秋帆越听越不是滋味，连忙打断老和尚的话，说道："老法师妙语连珠，针砭俗子，下官领教了。"说完深深一揖，便带领仆从匆匆走了。从此以后，毕秋帆再也不敢小看别人了。

"山外有山，人外有人。"说的就是为人处世不可妄自尊大。一个人有才华固然是件好事，但如果持才傲物，自视清高，不会审时度势，不能适应所处环境，把才华用作傲人的资本就不能说是一件好事了。历史上，因锋芒太露而招致杀身之祸的人比比皆是。比如晁错，晁错学贯儒法，知识渊博，被汉景帝称为"智囊"。然而晁错因过于锋芒毕露，疏于世故而为人所不容，最后竟落了个"腰斩"的下场。

老子曾经说过："良贾深藏若虚，君子盛德容貌若愚。"意思是说善于做生意的人，总是隐藏其宝货，不叫人轻易看见；品德高尚的人，容貌却显得愚笨的样子。吕坤在《呻吟语》中写道"气忌盛，心忌满，才忌露"说的也是为人处世不能心满气盛、卖弄才华。

乾隆年间，纪晓岚以过人的才智名扬全国，深得皇上赏识。有一天，乾隆宴请大臣。席间，乾隆诗兴大发，出了个上联："玉帝行兵，风刀雨箭云旗雷鼓天为阵。"要求大臣对下联。

过了许久，竟然没人能对得上。

乾隆皇帝这下得意了，以为大臣们都不如自己有才华。为了充分标榜自己有才，就点名要纪晓岚答对，本想出一下这位大才子的丑。却不料，纪晓岚却把下联对上来了："龙王设宴，日灯月烛山肴海酒地当盘。"

乾隆皇帝听后，却不高兴了，半天都不说话。大家都挺纳闷。

乾隆出的上联显示了一代帝王的豪迈气概，不料纪晓岚下联一出，十分工整，显不出乾隆上联的才气。乾隆听了，自然不快。

纪晓岚是聪明人，当然明白是自己得罪了皇上，便马上为自己开脱，故意抬高乾隆、贬低自己说："圣上为天子，所以风、雨、云、雷都归您调遣，威震天下；小臣酒囊饭袋，所以希望连日、月、山、海都能在酒席之中。可见，圣上是好大神威，而小臣我只不过是好大肚皮而已。"乾隆一听，立即笑逐颜开。乾隆是何等聪明的人，当然明白这是纪晓岚在抬高自己，为此连忙表扬纪晓岚，说："饭量虽好，但若无胸藏万卷之书，又哪有这么大的肚皮。"这聪明的一对一答，落得个皆大欢喜。

　　俗话说得好，"山外青山楼外楼，强中自有强中手。"无论有多高的才华，取得多么大的成就，都不要以为自己有多么了不起，更不能因此而骄傲自满、目空一切。要知道，世上优秀的人远远不止你一个，比你优秀的大有人在！

无论如何，情义无价

文 / 如风

初一下半学期，我和张艳丽特别要好，好得简直分不清你我，恨不得两个人能搬到一块儿住，日夜厮守才好。不知是什么原因，我们开始要好，也不知是什么原因，我们渐渐疏离。

我是个特别容易与别人结交的人，但总是交往不长，就会被人疏远。一方面，我开朗、外向、耿直，心地单纯善良，所以，很容易吸引朋友。另一方面，我倔强又蛮横，自卑又骄傲，情绪变化无常，因而让所有接近我的人又迅速离开我。我就像一个被青草覆盖着的沼泽地，表面看上去很美，一踏进来便会陷入泥泞的陷阱。

我与人交往的时间长短完全取决于那个人的忍耐力的大小，我不肯为任何人而改变，性情古怪偏执一如既往，但我从不会两面三刀、见风使舵，也不会顾及场合和别人的喜怒哀乐，想说什么就原原本本地表达出来，有时候弄得别人尴尬下不来台自己却全然不知，还觉得这不是我的过错，我不过是实话实说罢了。从没想到过对方是不是接受得了。所以，我的朋友来来往往有许多，像烟花一样瞬间绽放又立即消失。这是双子座人的特性：一半是天使，一半是魔鬼。

我很羡慕张艳丽，羡慕别人，却看不到自己的优势，是处于青春期自卑又自负的女孩们的通病。话又说回来，我简直找不出自己身上的一丁点儿优点，所以，我总是羡慕别人。羡慕过头了就变成了嫉妒，嫉妒过头了我就会给她白眼，继而是冷言冷语，然后就成功地把她连同她的友谊推到别人身边去了。

这仅限于女生，因为女生们大都很小心眼，忍受不了别人比自己强，也接受不了别人的嫉妒，更加不可能允许别人因为嫉妒而对她态度冷淡，尽管起因是她比那个犯了嫉妒的原罪的人聪明、优秀、美丽，那也不行。她需要像女王一样接受别人的跪拜式的赞扬，绝不能像一个倍受小人攻击和诽谤的文臣一样忍气吞声。

一开始，我很羡慕张艳丽，她出生、长大在城里，个子很高，身材很瘦，皮肤很白，人长得很漂亮，门牙旁长了一颗可爱的恰到好处的小虎牙，腮边有两个深深的酒窝，所以一笑起来特别优美。她的父亲是老师，母亲是学校教工，父母端的都是光灿灿的金饭碗。她家距离实验中学很近，就在学校后面一排房子里。寒冷的冬天中午放学后，我总是不愿意回家，踩着没膝高的雪走回家要四、五十分钟，并且家里很冷，父母都在外面做生意，中午没人做饭、烧炉子，只能吃早晨或前天的剩饭，我时常直接到市场找父母一起吃饭或者偶尔带两个月饼、桃酥之类的点心打发。那天中午，张艳丽非要带我去她家吃饭。在她的盛情邀请下，我跟她去了她家。

自从农村搬到城市之日起，我就自始至终存在着一种好奇心理：渴望了解别人的家，尤其是那些老是挤兑我们的城里人的家，更尤其是住楼房的人的家，我还从没住过楼房，大学之前我从未住过楼房，也极少见到住楼房的人的家，所以，我对他们的家很好奇。我很想知道城里人的家究竟是什么模样，他们是怎样生活的，跟农村人的生活有什么不一样。我们家还保留了许多在农村养成的生活习惯，而他们没有，他们自始至终都生活在城市，若是没有农村亲戚，他们无法真正明白农村是什么模样。我尤喜欢窥探城里人的生活方式。

张艳丽家也是平房，但一走进去就跟我们家不一样，完全不一样，它很温暖、很厚重，有一种特别的味道。嗯，是的，味道，我喜欢每一户人家的独特的味道，同时也厌恶这种味道，每一家都有一种独特的味儿，也许是家里的人造就了这种味道，也许是这个家本身存在的味道。总之，这个家及这个家中成员身上都是这同一种味道。有时我会奇怪某个同学身上的味道，但一走进他家我就明白，他的味道来自于他的家庭，同时，他也使他的家庭获得了这种味道。

张艳丽家也有这种独特的味儿，是我喜欢的那种，并且还带着一种书香气息，家里有书架，书架上摆放的都是与教学有关的书籍。张艳丽一进门就直着脖子喊："妈，我饿啦！"她的父亲从卧室里走了出来，戴着一副眼镜，很有书卷气质。"喊啥？一回来就要吃！饭在锅里。"

张艳丽带我直奔厨房，一边走一边说："爸，这是我同学，我俩可好了。""叔叔好！"我喜欢按城里的方式跟城里人打招呼，唯有用普通话我才能叫得出来"叔叔"。在老家，与人打招呼，不仅是要用山东话，而且大都叫"大爷、大娘"。农村很注重长幼关系，比父亲大的叫"大爷"，比父亲小的才叫"叔叔"，若是不知道年龄差异，一般都叫"大爷、大娘"，以示尊重。而且，叫"叔叔"时只取一个字搭配上他的名字最末尾的一个字，并且发"福（fú）"的音，比如，这个人叫赵杰，就叫他"杰叔（福音）"，那个人叫钱华，就叫他"华叔（福音）"。

张叔叔说："快去吃吧，饭菜多着呢。这位同学别客气，多吃点。""哎。"我爽快地答应着，根本也不打算亏待自己的嘴，有多少就消灭多少，我相信自己——除了吃之外我不大具备别的才能了。

张艳丽揭开锅——与我家一样的大铁锅，不过尺码要小很多，篦子上热着米饭和一小盆鸡肉炖粉条。我们将菜吃了个底儿朝天。我一边吃一边不忘发表真诚感言："好吃，太好吃了，你妈做的菜真好吃。""那当然了，我妈可厉害了，连我爸都夸，我爸吃饭可挑了。"就是这样一个好朋友、好女孩，我竟忍心对她发脾气，致使她与我断交。

唉，想想我那个时候的臭脾气及没来由的傲气，真想乘着时间机器赶回去教训自己一番，让她明白自己一无是处、一无所知就别拥有什么都是、什么都擅长的人的脾气和秉性。若说我没有自知之明，恐又委屈了我，这是我当时所能在丛林中拨开迷雾发现的唯一一个优点，我的自知之明是我的全部自卑的来源。因为我太明白自己的缺点了，所以用表面上的强硬、高傲来掩示自己的无知与愚蠢、浅薄与丑陋。

我如果不在性情上采取铁腕政策，那就没有出头之日了，准被所有人踩在脚底下却一点儿也不心疼，就像踩着草地上的小草一样。小草既无姿色，也不能成长为参天大树，除了供人践踏和打滚之外没有更多用处。我是小草，我很早就知道，但我不愿意被践踏。

我的罪孽很深，做为女孩儿，既不美丽也不温柔，既无才华又无背景，自幼出生在农村，还妄想掌控自己的命运。所以，我必须倔强，必须做出盛气凌人、不可一世的样子，防止被人踩。即使被踩着了，也要硌了那个人的脚，让他知道我的存在，让他明白踩我这根草是要付出代价的。就像探春一样，虽然才貌出众，却系庶出，母亲是个不得宠、被人看轻的小妾，她只得形成一种火爆、刚烈的性子，以防止被狗眼看人低的太太、正版小姐和奴才们看扁。遗憾的是，我抗争的结果不仅没有得到过正义，还总是让自己和别人受伤。

在全市举行文艺会演中，张艳丽总是学校舞蹈队里的一员，我们同样是从全市八所小学考入这所重点中学，都是刚入校不久的学生，也没见什么选拔制度，她就进了舞蹈队。我从羡慕变成了嫉妒，非常嫉妒。我从小就喜欢跳舞、唱歌、讲故事、听故事，却从来没有机会亲近这些事情。于是，对拥有这些才能的人非常钦佩。如果这个人是我的朋友，又是同性，钦佩很容易转为嫉妒。若是异性嘛……到了懂得爱的年纪估计大都会转化为爱情。

我们被关在屋子里上自习课，而她却可以跑出去跳舞，我别提多羡慕她——我认为正大光明地逃课跳舞是一种至高无上的荣耀。我的思想在和她一起跳舞，连钢笔尖都在不停地抖动。在临近演出的那几天，她甚至连上午的语文课和政治课都有权利不上，而是出去跳舞。她还有资格在上课期间冲回教室，跑到书桌里拿道具。她身上散发出一股刺鼻的香味儿，脸上化了妆，就差穿演出服了。我羡慕她的自由，可以不上这闷得使人发疯的课而去做自己喜欢的事情。我真想和她一起去，哪怕逃上一整天的课我也乐意。

放学后，我下楼梯时，看到她们仍在一楼大厅里排练。张艳丽看到了我，冲我做了个鬼脸，被音乐老师看到了，一巴掌拍到她脑袋上："笑什么？不专心排练？"张艳丽伸了伸舌头，不高兴当众出丑，脸色立即变得很难看。看到她虽然拥有荣耀却没有自由，我心里舒服多了。

文艺会演结束了，张艳丽总算变回了普通的同学，跟我一样，每天要在教室里坐上八节课，真让我开心。我不希望有特殊的人和现象存在，如果有，我要成为那个特殊。如果人生是一场戏的话，我一定要做演员，绝不当观众。当时的我那么想。现在，我当然要做导演、编剧、制片人，让所有人都按照我的旨意为我的人生大戏而服务。再没有比握有至高无上的权力号令天下更让人开心的事情了。尽管这永远不可能实现，做为一个荒唐的梦想也没什么大的妨碍。只梦不想不付诸行动，除了自我欺骗之外，没什么别的坏处。

我在座位上磨磨蹭蹭，我生气了，不知什么原因，我时常没来由或者编造了一个非生气不可的理由让自己生气，越气越觉得有资格生气，越气越觉得有理由生气。张艳丽等得不耐烦，一边把教室的门开来开去，一边喊："你快点，等你半天了！"我的火一下子冒上来了，难道比我漂亮、出身好、有才华就有资格对我呼来喝去吗？难道我贫穷、不美，没出生在城市就比别人矮一头吗？我没好气地说了一句至今也不能原谅自己的话："我没让你等！"就这么几个字让张艳丽默默地背起书包回家，从此不再理我。

我通常惹怒别人的手段高明而又简洁，我从不骂人，从不说脏话，但我的语言总是像刀子一样，要么不出刀，出刀必见血封喉，望刀者必抱头鼠窜，不敢再与我过招。

从那以后，张艳丽在我的生命中像风一样匆匆刮过。她也许像夏兰一样忘记了我的存在，然而我记得，我记得她与她的存在，我热爱她与她的存在，我希望一直存在下去，有朝一日，再见她时给她一个温暖的拥抱，告诉她：我多么爱她，多么感谢她，能够在初中那段时光中陪伴我，哪怕只有几天时间。

韶华易逝，情义无价。

这一夜，简单的故事

文 / 张佳羽

夜，静得只有电脑主机吱吱的叫声，微弱地喧腾。显示屏明晃晃地醒着，等着记录我要说些什么。手在键盘上犹犹豫豫，摸不出五笔的技巧。习惯地将大拇指与食指捏成鸭嘴型，扣在控制键和上档键上，运腕上的力，有意识地向上一翻转，变换成全拼打字。

脖子上，妈妈送的花式银项链一闪一闪，吊坠红得吐血。我拢了拢发髻，让天宇高起来，以便思想的云飘飘而过。右手在某个时刻拄向天灵的一侧，趁机揪揪右眼浓浓的眉毛。似乎有一个颗痣暴露出来，摸到了它翘翘的臀部。镜子呢，镜子。拿过来照照。呀，背后是谁的轮廓，阴阴地弯着腰，瞅我的痴意。赶紧掀开镜子，捂住心跳。乌拉，该死的糊涂，照什么镜子！夜里是忌讳照自己的。谁照谁怕鬼。转移注意力，继续揪眉毛。一揪一揪又一揪，呀，揪出来一串有趣的故事。

左手配合右手，在键盘上敲敲打打。说不清谁抢占了谁的地盘，岩羊跳崖似的，在键扣上激烈地上下左右跃动。忽儿天堑变通途似的交叉在一起，忽儿又怕踩到雷区样地退开；忽儿虎头虎脑地僵持在一方，忽儿又妞妞模样地抵近触触。眼睛跟不上它们的寻找。零乱的字母一遍又一遍地重组，组出来不一样的长短句。

显示屏上，文章的脸越拉越长，向下，再向下，期盼最后的完整。对文章来说，写作就是整容；写手就是整容师。写手的水平，决定文章的巧拙。文章爬上高端与跌入低贱，往往跟随写手的走势若红若绿。顶峰，深邃；次峰，浅洼；平淡，恶心……由不得自己的心劲，只能由自己的心境。

口渴。唇上的润气被夜熬干。影子跟着我，走进厨房倒了一杯水，它的手握着我的手，一起端出来，搁在桌上。我松开杯把儿时，它也不磨叽。我坐下它坐下。我起来它起来。我舒舒腰，它也舒舒腰。我腰困，它未必困，但一定模仿我的姿势，装装样子。最驱赶不走的，就是影子。除非你关灯。犯迷糊，关了就关了，结果连自己一起关进天黑黑里。

在夜的锦帷里，所有色彩都从周围抹去，只留下自己出彩。把心思烧成宋词煮酒的梅瓶，还是唐诗凝兰的青花？抑或是悬挂于人民大会堂的恢宏巨制，把玩在手的小巧玲珑？期望爬虫一样，到处挥夹呐喊。人们听到的，只有风声。

写作成为一种消极的出售，会沦为丐帮，处处看买方的脸色。写作成为一种极致的品牌，佩着太阳的光芒，买方就要时刻看着写手的脸色。

在这个夜里，我调动自己的千军，击溃黎明。靠在窗子上迎接新日的到来，没有多少自我的改变。只有一些文字，对夜发起常态的进攻，占领耽误不起的时间。至于这些文字，会贴在媒体的什么地方，看它的运气了。这一夜，就发生了这么一个简单的故事。梦溪笔谈？熬化了我一场梦。

以出世之心，做入世之事

文 / 彭雪茹

案头永远摆着一只木杯子。

简单近乎稚拙的形状，卵形，微微收口，只涂了一层清漆，木的本色一览无余。

数年前在去西藏的列车上买下它。当我从售货车上拿下它，周遭的游人都聚在一起，拿着旅游攻略，热烈地讨论着"出世心态"。有个年轻的小伙子挽着青春靓丽的姑娘，侃侃而谈："我们就是厌倦了城市喧嚣的生活，所以来到了西藏，准备寻觅到真正的'出世之心'。"

推车的西藏人驻足和我闲聊，他说现在每天来西藏的人很多，却很少有人知道旅行的意义。他们把西藏当成换心的圣地，仿佛来到了这儿，买上几串佛珠，朝拜一下布达拉宫，虔诚地凝望着转山，就可以拥有不一样的生活态度。

我笑了笑，凝望着木杯子。

旅行的意义只有在行走中才会慢慢明白，而这正如人生旅途，边走边俯拾心情与体会。一路上，你或是行囊充盈，背上了一座移动的家，抑或是卸下所有的重负，用一个孩童的眼光，干净清澈地凝望整个世界。或悲，或喜，已全然不重要。

旅游，只要一个意愿，起身，打点行囊，便出发！走，仅此而已。它的意义不是在于要去寻觅真正的"出世之心"，更不是按着旅游攻略，走过每一寸土地。我们总是给旅游按了许多特定的头衔，复杂无比，并自得其乐。

真正的出世，往往是入世的。

生活在名利场上，不再以利益追求，工作需要，便是出世之境；生活在光怪陆离的人际网上，把自己从栖息的圈子中剥离出来，便是出世之境。出世之心，无非是自己对自己的救赎。而不是去一个地方，做几件特定的事情。

我买下了那只木杯子，它和家人买的佛珠，纪念水晶碑放在一起，寒碜极了。

然而我不在意，我想它也不会在意，别人怎么看你，或者你以怎样的形态面对生活，都无关紧要。重要的是你必须以一种真实而有力的方式，存在。出世的心态是这种真实的保障，突破虚假繁荣。

我每天用木杯子装满清凉的水，喝下去。

我们都以朴素的形式存在，做着自己本分的事情，追求着淡然的心态。

不以规矩，不能成方圆

摘编／阿君

　　"不以规矩，不能成方圆"是人们比较熟悉的一句贤文，原意是说如果没有规和矩，就无法制作出方形和圆形的物品，后来引申为行为举止的标准和规则，强调做任何事都要有一定的规矩或规则，否则无法取得成功。

　　孟子说："离娄之明，公输子之巧，不以规矩，不能成方圆。"离娄是传说中一个目力非常好的人，能在一百步以外看清楚一根毫毛的末端；公输子就是鲁班；规是指圆规，矩就是折成直角的曲尺，尺上有刻度。孟子的意思是说，即使有离娄那样好的视力，公输子那样好的技巧，如果不用圆规和曲尺，也不能准确地画出方形和圆形。

　　规则由来以久，在原始社会就出现了。由于当时的社会结构简单，所以规则也就相对单一。到了现代社会，人们的交往日益复杂化，生产日益规模化，规则也越来越复杂。

　　汉朝功勋卓著的将军周亚夫，以英勇善战、严守军纪而著称。有一次，汉文帝想亲自到边疆犒劳守疆军队，便率领随从从京城行往周亚夫驻扎的细柳（今咸阳市西南）。一路上，文帝所经过的军营的将军，听说文帝到后，都前来迎送。

　　文帝到达细柳的军营后，看到细柳营的将士们都身披铠甲，有的手执锋利的武器，有的手里拿着张满的弓弩。文帝的先驱队伍到后，想直接进去，被营门口的卫兵拦住。先驱官对守门的都尉说："天子马上就要到了！快去通知道你们的将军前来迎驾。"

把守营门的都尉回答说："将军有令：军队里只听将军的号令，不听其他指令。"

不一会儿，文帝就到了。把守营门的都尉见皇帝驾到依然不肯打开营门放他们进去。文帝只好派使者持符节诏告将军："我想进入军营慰劳军队。"

周亚夫见到皇帝的符节，才传达命令说："打开军营大门！"

正当文帝一行人驾车骑马准备进入军营时，守营门的都尉又对他们说："将军有规定：在军营内不许策马奔驰。"文帝他们只好下车下马缓缓前行。

进入军营后，前来迎驾的周亚夫手执兵器对文帝拱手作揖说："穿着盔甲的武士不能够下拜，请允许我以军礼参见陛下。"

见此情景，文帝被周亚夫严格持守军队的规则所感动，表情变得庄重起来。文帝手扶车前的横木，对周亚夫说："皇帝敬劳将军！"群臣都对此表示惊讶。

皇帝完成犒劳仪式后出了营门，感叹地说："唉！这才是真正的将军啊！前面所经过的灞上和棘门的军队，就像儿戏一般。那些将军很容易用偷袭的办法将他们俘虏，至于周亚夫，谁能够冒犯他呢？"

严守规则既是做人的根本，也是为人的底线。从古到今，那些有作为的君主、有才华的士子、有卓越贡献的功臣等都知道用规矩来约束自己。

三国时期伟大的政治家和军事家曹操，对军队的纪律非常重视，三令五申地要求军队必须遵章守纪。针对有些士兵行军作战时不注意保护群众利益的现象，曹操特意制定了严格而具体的法令，比如战马踏坏了群众的庄稼即处以斩首。这些纪律一经颁布，深受群众欢迎。

有一次，曹操自己的战马因突然受到惊吓，窜入田中踏坏了几棵青苗。监察官员一看是最高统帅的马踏坏了庄稼，当然不好定罪。但曹操却不肯原谅自己，一面抽打战马，一面抽出战刀就要自裁。身边的侍卫赶紧把他拦住，众僚属也赶紧进言相劝，说丞相您是国家的顶梁柱，为了国家的利益您不能自杀。马踏青苗是因马受惊，情有可原，等等。而曹操却一本正经地说："纪律刚刚颁布，如果因我而不执行，今后别人也就没有办法执行了。"还是要坚持自杀。

众僚属就建议说，是不是可以变通处理呢？比如"割发代首"。于是曹操顺坡下驴，同意做变通处理，自己用战刀割下一把头发，以示警戒。

在当时，割头发也是一种很重的惩罚。古人奉行孝道，强调身体发肤由父母所赐，本人是不能轻易毁伤的，否则就是不孝。暂且不管曹操这出戏是真是假，对于最高统帅的人来说，这一"割发代首"之举，足以起到了震慑全军、令行禁止的效果。

《史记·礼书》里说："诱进以仁义，束缚以刑罚。"管理军队或治理家国，一方面需要用仁义来规范人心；另一方面还需要用刑罚来惩治出轨的行为。中国历史上各朝各代的政权建立之初，首要任务就是制定出符合本朝理念的法律法规来。法律法规的制定是为了规范社会活动，用来明确告知人们，什么可以做，什么不可以做。法律法规是整个社会的行为准绳，如果没有这条绳的约束，人人以我为中心，我行我素，全然不顾他人的利益和感受，不顾社会的公众道德，那么，最终的结果可想而知。

在中国古代，人们经常结合个人的身心修养来讲"不以规矩，不能成方圆"。世界上所有事物都有一定的规范，我们要用这种规范来约束自己的行为举止，对自己来说，遵守这种规范能有所成就。对社会来说，遵守这种规范能稳固发展。因此，懂得用正确的理念规范心灵，是创造并获得佳境的重要前提和根本保障。

自制力是一种力量

摘编 / 慧超

能约束自己的人，最有威信。

——塞涅卡

所谓自制力，就是一个人控制自己思想感情和举止行为的能力。自制力是坚强的重要标志——既善于激励自己勇敢地去执行采取的决定，又善于抑制那些不符合既定目的的愿望、动机、行为和情绪。人区别于动物的根本点之一，就在于人有思想，可以按照一定的目的，理智地控制自己的感情和行动。

德国哲学家黑格尔说："一个志在有所成就的人，他必须知道限制自己。反之，什么事都想做的人，其实什么事都不能做，终归会失败。"缺乏自制力的人就是"不知道限制自己"的人，这样的人要想成功是多么不容易。优秀是成功者的基本素质，纵观古今中外，大凡是优秀的人，都是自制力强的人。自古代科学家亚里士多德，到近代的哲学家都注意到："美好的人生建立在自我控制的基础上。"

历史上，因不良嗜好和习惯而给个人、家庭乃至社会造成不幸悲剧的，不乏其人。造成这种悲剧的根源除个人陋习外，最主要的原因就是缺乏自制力。

三国时，张飞同酒有着不解之缘，逢酒必饮，每饮必出事端：不是鞭挞士卒，就是误事。有一次，张飞酒后痛打手下曹豹，为此曹豹十分痛恨张飞，连夜派人给想夺徐州的吕布送信说，"刘备率兵去了淮南，此地只留有张飞。张飞现在喝醉了，今天是您今夜引兵来袭徐州的好机会。"吕布见到书信后，同谋士陈宫商量。

陈宫曰："小沛原非久居之地。今徐州既有可乘之隙，失此不取，悔之晚矣。"吕布便采纳陈宫的计策，同陈宫带领大军继进，让高顺后面进发。

张飞那时酒还未醒，不能力战吕布，只得从东门逃出，把徐州丢掉了。

张飞最后的丧命也是因贪酒而致：张飞脾气暴躁。在阆中镇守，闻知关公被害，旦夕号泣，血泪衣襟。诸位将领以酒劝解，张飞酒醉后，怒气更大。帐上帐下，只要有过失士兵就鞭打他们，以至于多有被鞭打至死的。

刘备知道后，就劝他说："这些士兵早晚随你左右，你鞭打他们，肯定会引起他们对你的仇恨，会为你带来灾祸。你应该宽容仁爱地对待这些士兵。"张飞虽然明白刘备说的有道理，但因缺乏自制力，自己控制不住自己。所以，心情不好时，还和原来一样的鞭打士兵。

有一天，张飞下令军中，限三日内制办白旗白甲，三军挂孝伐吴。次日，帐下两员末将范疆和张达，入帐告诉张飞："白旗白甲，一时无可措置，须宽限才可以。"

张飞大怒，喝道："我急着想报仇，恨不得明日便到逆贼之境，你们怎么敢违抗我作为将帅的命令！"说着就让武士把这两人绑在树上，在他们的背上狠狠鞭打了五十下。打完之后，用手指着两人说："明天一定要全部完备！如果违了期限，就杀你们两个人示众！"打得两人满口出血。

两人回到营中商议。范疆说："这个人性如烈火，如果明天置办不齐，你我都会被杀啊！"张达说："与其让他杀我们，不如我们先杀

了他！"

于是，两人便商议如何杀死张飞。

这天晚上，张飞又喝得大醉，卧在帐中。范、张两人探知消息后，便在初更时分各怀利刃密入帐中，把张飞杀死。然后，两人连夜拿着张飞的首级，逃到东吴去了。

可以说，张飞死就死在缺乏自制力上，他人只是一种外因。

"自制力"就是尽管你不想做某些事情，但还是尽力去做。罗伊·L·史密斯说过："自制力宛若受到控制的火焰，正是它造就了天才。"

14世纪时，有个名叫罗纳德三世的贵族，是祖传封地的正统公爵，他弟弟反对他，把他推翻了。罗纳德三世的弟弟需要摆脱他，但又不想杀死他，便想了个办法，把罗纳德三世关进牢房里，并命人把牢房的门改得比以前窄了很多。

罗纳德三世身高体胖，就算牢门不加锁，他也不能从改窄了的牢门走不出来。

罗纳德三世的弟弟对他许诺说，只要罗纳德三世能减肥并自己走出这个窄窄的牢门，不仅能获得自由，连爵位也能恢复。可惜罗纳德不是有自制力的人，他无法抵挡弟弟每天派人送来的美食的诱惑，结果不但没有减肥，反而更胖了。

由此可见，一个没有自制力的人，就像被关在铁栅栏中的囚犯。

任何一个优秀的人都明白：如果没有自制力，就永远不可能成功。因为自制力决定了人们在关键时候的所作所为。传记作家兼教育家托马斯·赫克斯利说："教育最有价值的成果，就是培养了自制力，不管是否喜欢，只要需要就去做。"

自制力是一种力量，它能帮我们搬开人生道路上的绊脚石，能帮我们记住知识，能让我们的对他人表现更加得体，能改变我们对待世界的方式。

低头是一种智慧

摘编 / 余朝辉

    人的一生，会经历许许多多的门槛，并不是所有的门槛都能从从容容的通过，有的门槛是人为的障碍，需要我们不停地碰壁，或是伏地而行。若一味地讲"骨气"，不懂得低头，不会巧妙的穿过人生的荆棘，到最后可能会被撞得头破血流。

    清朝的孝庄皇后，是史上杰出的女政治家，在一系列重大政治事件中都起到重要作用。她历经四朝，一生培育和辅佐顺治、康熙两代君主，是中国历史上一位举足轻重的人物，她的功绩是历代任何一位皇后所不能及的。

    孝庄皇后一生最为人称道的就是她的忍辱负重，懂得低头。1644年，皇太极驾崩，一场激烈的皇位之争展开了。有权势的竞争者有三个人：皇太极的长子肃亲王豪格、皇太极十四弟睿亲王多尔衮和皇太极第九子福临。其中，豪格和多尔衮都是拥有势力的亲王，并且豪格还是众兄弟中唯一被皇太极封王的皇子，管辖着八旗中的正黄和镶黄两旗，在八旗部队中有着举足轻重的地位；多尔衮呢，战功卓著，威望正隆，手中握有正白、镶白两旗部队的精兵勇将，并有豫亲王多铎和武英郡王阿济格的效忠。这两大集团旗鼓相当，互不相让。福临呢，才 6 岁，没有任何实力，他唯一的优势就是他是足智多谋的孝庄皇妃的亲生儿子。当时，孝庄皇后并不是皇后，而是皇太极称帝后册封的五宫后妃中排列第五的皇妃。

皇太极死后，又是一场汗位争夺战。多尔衮与豪格两个人实力旗鼓相当，要是两人真干起来，满清非得亡国不可。无奈双方决定各退一步，另立别的皇子。经过孝庄从中斡旋，福临继承了皇位。

面对实力强大的豪格和多尔衮，孝庄审时度势，意识到一旦多尔衮与豪格真干起来，皇太极打下的江山根本保不住，这是她、多尔衮和豪格都不愿看到的。所以，虽然都想当皇帝，但豪格和多尔衮并没有打起来，在这种情形之下，拥戴弱势的福临当皇帝便是绝好机会。为此，

孝庄暗中筹划，利用多尔衮与豪格两大集团的矛盾，为福临争夺皇位。

当时，执掌朝中军政大权的实际是睿亲王多尔衮。他手握重兵，成为朝中说一不二的人物，甚至连皇帝的大印"玉玺"也拿到睿王府内使用。所以，虽然福临被立为小皇帝，但这个没有实力的小皇帝随时有被多尔衮废掉的危险。面对此形势，庄妃权衡利弊，为了大清江山，为了自己儿子福临，她作了一个极为大胆的决定：利用多尔衮，争取多尔衮！于是，孝庄为了保住儿皇帝顺治的天子宝座，委身于小叔子多尔衮。

孝庄皇后下嫁给多尔衮是一个典型的"人在屋檐下，不得不低头"的例证。"该低头时就低头"是为了保存自己的能量，以便走更长远的路，同时也是为了把不利的环境转化成对自己有利的力量。

低头，是一种大智大勇的表现，它不计较一时的高低和眼前的得失，而是胸怀全局，着眼未来；低头，是一种修养，它面对荣辱毁誉，不惊不喜，心静如水；低头，更是一种美德，它以宽广的胸怀，无私的心灵去容纳人，团结人，感化人。越王勾践也是利用"人在屋檐下，不得不低头"的计谋，最后成就了大事的典范。

越王勾践与吴国夫差打仗被打败，国家被灭亡，自身被围困在会稽山。危急之际，勾践委曲求全，采用以退为进之谋，派文种向夫差求和。

夫差答应了勾践求和的请求，但提出要勾践夫妇到吴国为他服役。勾践为了保国复仇，便将国内事情托付给丞相文种等大臣，自己则带着夫人和谋士范蠡去吴国做夫差的奴仆。

勾践抵达吴都后，夫差有意羞辱他，要他住在亡父阖闾坟前的一个小石屋里守坟喂马。夫差出门骑马打猎时，还故意要勾践牵着他的马在国人面前走一圈。勾践忍辱负重，吃粗粮、睡马房、服苦役，自称贱臣，对吴王夫差百依百顺，小心伺候着夫差。

就这样，勾践勤勤恳恳、任劳任怨地服侍了夫差三年。夫差误认为勾践已经真心向自己臣服了，便把勾践夫妇和范蠡放回国。

勾践归国后，为了激励自己不忘报仇雪耻，睡觉时勾践不铺褥子而铺上柴草，并在房间里挂了一个苦胆，每顿饭前都要尝尝。这就是"卧薪尝胆"典故的由来。

后来，勾践在谋士范蠡、文种的辅佐下，励精图治，经"十年生聚，十年教训"，使得越国国力强大。终于在公元前473年，灭吴雪耻。

由此可见，"该低头时就低头"是一种处世的智慧，是一种深厚的涵养，低头不仅可以给自己留有发展的余地，改善自己和社会的关系，并且还能让人们的心灵得到慰藉和升华。低头不等于软弱，低头是理性的以柔克刚，以退为进。在社会上，那些能低头的人，一定是有坚强的意志、坚忍的性格和良好的心理素质和道德品质的人。

人生路漫漫，有时退一步是为了跨越千重山，低低头是为了扬成擎天柱；不屈就难伸，不虚怀若谷就难以傲视群雄。

大声呼吸

文 / 刘勇

扬眉是刚转学过来的，谁也没时间考究他从哪里过来的，鲜明的特色是脸比我还黑，本来我算是班上的"黑脸大汉"了，可他一来，我轻松多了。仅凭这点我对他就有了好感。

傍晚，刚下课，他出溜到我面前，说："太热我们去抹澡去吧！""什么抹澡啊，是下河洗澡，别那么土好不好，同学听了笑话。"他连连点头。

我带着他一路小跑来到涡河边。乖乖，船真多！或许是第一次看到这么多船，扬眉有点激动。看着商船如穿梭的银鱼，我犹豫起来，到底是在上游游呢，还是下游？上游呢游泳的高手多，很多孩子喜欢捣蛋，作弄人，不把你整得喝几口水那不叫本事。下游呢，船只太多，钓鱼的多，不安全。我问扬眉："你会凫水吗？"他头摇得像拨浪鼓，我气就不打一处来，白了他一眼，"你小子一脑子的煤渣，不会游泳来逞啥能？"扬眉觉得不好意思，脸上堆着笑，"不会可以学嘛？一会儿我请你吃冰棒。"看在冰棒的份上我没再训他。

我把他丢在河边，顺便在河里来了几下"狗刨"，说实在的我也不会游泳，对此并不感兴趣，只是天热了在水里贪点凉。加上我那三脚猫的动作，被同学们笑掉大牙。

一直以来，安静地听课已经成为我的习惯。可扬眉不知咋的老在课堂上咳嗽，是那天游泳时伤风感冒了？

扬眉的咳嗽总是把平静的课堂氛围打破，还时不时往地下吐几口浓痰。一贯干净的我对此实在忍无可忍。

下课后我大声质问他："你咳嗽就不能喝点药吗？不治能好吗？"

扬眉动了动紫色的嘴唇，欲言又止的样子，一双大眼扑闪了几下，又沉默无语了。真是秀才碰到兵有理说不清。一种说不上的反感随之而来。

我把反感向班长倾诉。班长一头雾水地说："你别说，我还真没注意呢？回头我向班主任汇报。"

语文是我最爱的课，钟老师抑扬顿挫带有磁性的朗读，仿佛把我们带到美丽的山川，聆听天籁之音。忽然，一阵急剧的咳嗽，将这美妙打断了。真是太气人了，我故意把书摔得很响。扬眉很不安地往我这儿瞅了一眼，垂下头，用手捂着嘴，不一会儿脸憋得像关公。下课后，我去找他，他像个犯了错的孩子，低着头，不敢正视我。

"你可知道，你影响的不是我，已经影响到全班了，你没看到钟老师一脸的怨气吗？实在不想请假住院，治好了再来。"

班长生怕我做出什么莽撞的事来，前来劝我："算了，算了，谁没有个感冒发烧的啊！"我气不打一处来，抓起扬眉的书，用力扔出很远。

我看到扬眉眼泪溢在眼眶中打圈圈，不让它出来，他去捡书时，一排牙印在他手腕上十分鲜明，我的心顿时慌乱起来，心里柔软处有种痛开始蔓延。

第二天，扬眉没来上课，望着空空的座位上，我顿时不安起来，是不是我昨天太过分了，该不会……我胡思乱想起来，一堂课就这样迷迷糊糊过去了。

今天，扬眉还是没来，望着窗外随风摇曳的树叶，阳光透过树叶的缝隙闪烁着，如我烦乱的心。

第三天，扬眉来上课了，嘴唇比以前更紫了，消瘦的脸庞上一双大眼比以前少了许多愉悦，他匆匆向我一瞄，脸上挤出一点笑意，是那么苍白、无奈。

不知是何原因，我期待的咳嗽未再出现，倒是经常见扬眉皱着眉头，喉头上下摆动，艰难地吞咽着什么。

班主任指着成绩单问我："这次会考你怎么这么差，一下掉了18名，你知道总分一掉，全班的名次也不理想，是不是家里有啥事？"

我忍了又忍，还是将咳嗽的骚扰讲了，班主任听后，眉头紧蹙得更密了。

老师把扬眉的座位调到后排的拐角处，我坐在扬眉前三排，看到扬眉坐在后排的拐角处，心里多少有点舒服，心想以后不再受那干扰之苦了，我哼起了《十六岁的花季》。

学校组织观看电影《少年犯》，晚上我躺在床上怎么也睡不着，是电影震撼还没有完全消失，我想他们犯了如此大错都能得到社会、家庭的宽恕，想到我对扬眉的态度，顿时心生歉意。

一大早，我跑到扬眉桌前，"早啊！"扬眉紧张地站起来，双手抖得不行，瞪着大眼看着自己的脚尖，不敢看我。我笑笑，拍拍他的肩膀。班长和同学们都被我的举动整蒙了。李思泉摸摸我的头和额头，"你没发烧吧，怎么也说胡话？"我把他的手拍掉。"小子，别管闲事，记住了，以后扬眉是咱哥们儿，他的困难就是咱们的苦难，记住了！""是，是，是。"李思泉头点得像蒜锤子一样。

学校组织登山活动，班长让我协助他统计名单，我没有看到扬眉的名字，就让李思泉去问怎么回事。

李思泉满头大汗跑来，"扬眉说他不愿意登山，主要是他怕爬不上去，同学们笑话。"我让李思泉转告，有我和班长在呢，没有过不去的坎，没有登不上的山。

还没走到一小半呢，扬眉就明显地被同学落下了，他满头大汗不说，脸色像紫茄子一样，气喘吁吁，呼一口，吸三口的，看着就费劲，我和班长在后面给他打气，扬眉受到鼓励后，又迈开大步，在歇了六次的情况下，终于登上了山顶，登山远眺，峰峦叠嶂，郁郁葱葱。扬眉对着远山大喊："再见了困难，再见了懦弱。"

毕业了，我捧着留言簿，让扬眉写个留言。扬眉看了看，若有所思，提笔写下"大声呼吸"四个苍劲有力的大字。

傍晚，我问扬眉"大声呼吸"是什么意思，扬眉望着淡去的夕阳，沉默许久。他说："我是一个患有先天性心脏病的病人，打小妈妈就不敢让我参加活动，一劳累病情就加重，还不停地咳嗽，严重了就咳血，一咳血妈妈就害怕，我也跟着害怕。一次看病，老教授看着浑身颤抖的我说：'发病时不要害怕，把病当作困难，有困难时大声呼吸，一会儿困难就没了。'后来我查了资料，得知大声呼吸可以恢复甚至提升自身的能力。因此，我把'大声呼吸'四个字牢牢记在心上，以此勉励自己。"

璀璨的星光，闪烁的星星，如我们一起赏过的樱花，美得震撼。我曾为一个狂躁的举动而自责，是扬眉的大声呼吸将我唤醒。

时光·友情

文 / 伍群辉

> 小时候盼望长大，是因为长大后可以做许多小时候做不到的事情；可是，只有长大后才会明白——还是小时候好，因为长大的代价，有时太多也太沉重了。

> ——题记

那是五年级的事了，可我却依然觉得像是发生在昨天一样。

那天放学回家，一行三人一边走，一边兴奋地聊着。突然，不知怎么的，其中两人起了争执，肩膀互相碰撞了几下，一人稍胜一筹。不用说，凭借着体型，获胜的自然是我。接着，我朝输的人手上猛挥了一下，那人身体忽然一震，眼泪都流了出来，转而愤怒而又迅速地从身旁捡起一块石头，奋力向我抛来。我一闪，闪了过去。有仇不报非君子，我也捡起他扔过来的那块石头，抛向他——正中小腿。本以为他会因疼痛而停下的，就算不停，至少也应该停顿一下的。可他却无视石头砸在腿上的疼痛，而是摸起了脚下一块砖……

在扔出石头后，凭本能，我感觉大事不好，所以立马撒腿就跑。等他捡起砖块，环视四周寻找我的踪影时，我早已开始了狂奔。见我撒脚丫子，他也不含糊，拎着手上的半截砖撒腿便穷追不舍。由于体型庞大且笨拙，我知道自己被追上是迟早的事。我心中很惊恐也很愤怒："他为什么要追着我不放？"终于，我因他以武力威胁而被迫停下，本想问个为什么，但我不敢乱动，甚至不敢说一句话，毕竟头上悬着半块砖呢！

不敢问，不敢动，但我却在眼神乱飘之际明白了原委：他的手臂上，有三道新的长约十厘米的伤痕，正在默默地往外渗着鲜血——那伤口，可真不是常人所能忍受的！

之后，爸爸带他去医院。事后，我无意中听别人讲起才知道：那时，我手上有沙子，抓他的时候，沙子进了伤口……

过了一段时间，事情才慢慢平静了下去。我本以为他会和我决裂，从此再无瓜葛。却没想到我们又和好如初，或许，这便是童心吧。当然了，事情也不会就这么过去，他一有机会便拿这事来说笑，说当时怎么怎么痛，还不准打麻药……我只能在一旁安静地听着，当然，也会时不时争辩两句……不管怎么样，我们还依旧是形影不离的好朋友。

可让我万万没想到的是，这份历经磨难却久而弥坚的友谊，却因我们小学毕业后各自选择不同的学校出现了新的情况。上了初中后，因受到沉重学业的压迫，我们再也没能像以前那样无所顾忌地聊天，肆无忌惮地大笑，只能彼此在心中默默地想念对方——明明有大把时间，想要相见一次却得看机缘、碰运气。即便是上学时偶遇到了，也只能是寒暄几句，然后各走各的路，最后也只能是背与背的相对。

时光呀，你怎么这么残忍呢？在你面前，我们那份自认为坚不可摧的友谊虽说没出现裂痕，可也在你不断的冲刷和消磨之下，已逐渐变成一块永埋我们记忆汪洋之下、微不足道的鹅卵石。在强大如你的面前，现也只有寂静的深夜，才能让我有时间重温这段珍贵的友谊——但也只限于回忆，因为我们都知道，那段无法忘怀的时光，我们再也回不去了。

第一次独自走夜路

文 / 江源乐

今天是外婆六十大寿，妈妈把我扔到了外婆家的小区门口，说自己有急事需处理就先走了，还说要晚点儿才能来接我。

听了妈妈的话，我惊慌得不知所措，因为从来都是妈妈陪我。抬头看看，小区里的路灯居然像是在和我作对似的，竟然全都因故障而一闪一闪的。在忽明忽暗的路灯旁边，总感觉好像有什么又高又大的东西在那里晃来晃去的，就像一个幽灵似的。想到恐怖片中鬼经常是在黑暗中冷不丁地从两边冒出来，我心里犯起了嘀咕：小区里面会不会有鬼啊？

"要不要进去呢，进去吧，怕有妖魔鬼怪；不进去吧，今天可是外婆的六十大寿呢……"站在小区外的我很是纠结，犹豫了好久——这毕竟是我第一次独自走夜路呀！

"男子汉，头可断，血可流，面子不能丢……"最终，我鼓足勇气，眼一闭，"视死如归"一脚踏了进去。一进去，凉风就扑面而来，而且四周都是静悄悄的。"鬼一般都是在静悄悄的黑夜中出现的"，想到这，我心莫名产生出一阵恐惧。

越是怕，鬼来吓。才过了一两分钟，我便感觉有什么跟在我后面。"不会就是被鬼盯上了吧？"一想到这，我不禁打了一个寒战。可我不敢往后看，害怕我一转过头去鬼就会把我吃掉。我不由"呀"了一声，撒开脚丫子便向前狂奔。

约摸着"鬼"追不上了，我才上气不接下气地停了下来。谁知，才收住脚，一个穿着一身白衣服，满头黄发，而且还是飘着的，像人又不像人的东西突地出现在我眼前。

"难道是贞子？"我强忍着惧意悄悄地看了一眼。不看不知道，一看吓一跳："这'女鬼'真的很像贞子！"一想起贞子，我脊背就发凉，眼前便冒出恐怖片里贞子那披头散发、脸色惨白的情景。说时迟，那时快，她突地一手高举。见她要掐我脖子，"求你了，不要过来！"我恐惧极了，嘴里说不出话，心里却在苦苦地哀求。就在我祈祷着女"鬼"不要杀我时，女"鬼"先发话了："喂，儿子，我在下面散步，我把菜放冰箱了，待会儿你和孙子游完泳，自己回家热菜吃。"原来是散步的大妈边走边给儿子打电话呀，真是虚惊一场。

"没事穿什么白衣服！"就在我悻悻地从地爬起，拍拍灰尘，狠狠瞪了她一眼，嘴里骂骂咧咧继续前行时，忽然，一个黑影从我前面一晃而过，刚刚消失的恐惧感瞬间又回到我心里。

不知是心理作用没看清地面，还是什么原因，我被什么给绊了一下，摔倒在地。还没来得及爬起，就发现那个黑影居然出现在了我的面前。

"该不是黑无常来要我命了吧，上天保佑。"我感觉浑身害怕极了，尽量抑制自己的情绪，颤抖着努力站起来。才一起来，"黑无常"就伸出双手，想把我"带"走。虽然那时我想立马转身往后跑，却发现自己已经心有余而力不足了——脚像灌了铅似的，迈都迈不动，更别说跑了。"乐乐，是不是你呀？"此时，"黑无常"说话了，我这才发现她是我外婆。

在外婆家吃完饭，妈妈来了电话，叫我自己出去，说她在小区门口等我。

走在同样的路上，这回我可什么也不怕了，因为我已经明白了世界上没有真的"鬼"，所谓的"鬼"都是自己的心理在作怪。

学会创造机遇

摘编 / 小亮

人生中许多机遇是自己创造的，如果一个人既会利用外界的机遇，又能自己创造机遇，那么他获得成功的可能性就很大，而且成功的程度也更高。

《圣经》上说："世上万物都有相适的季节，而尘世间每一项伟大的成就也都有一个适宜的机遇。"机遇是个人奋斗精神素质与社会环境条件的一种契合，一种碰撞，像火花一样能够使人闪亮。在面对和运用机遇的时刻，机遇是一次对人生全面素质和综合能力的考验，是一次体现人生价值的飞跃。在这个时刻，机遇将平庸者改变成智者，将无所作为者转变为大获成功者，将懦弱者造就成坚强者。

培根指出："智者所创造的机会，要比他所能找到的多。只是消极等待机会，这是一种侥幸的心理。正如樱树那样，虽在静静地等待着春天的到来，而它却无时无刻不在养精蓄锐。"人在等待机会的时候，不能放松养精蓄锐的积累功夫，而且要时时审时度势，见缝插针，在关键时刻创造机遇。

毕加索刚出道的是时候，是一个名不见经传的青年画家，他从西班牙到巴黎来闯荡，但他的画作却一张都卖不出去，因为巴黎画店里的老板只卖名家的作品。为了让自己的画作卖出去，毕加索就想了个办法，他花钱雇了几个大学生，让他们每天去巴黎的大小画店转，每次去的时候都要问老板有没有毕加索的画。

就这样，不到一个月的时间，毕加索的名字就传遍了整个巴黎，许多画店老板及买家都纷纷打听，并焦急地等待着毕加索的画作。这个时候，毕加索带着他的画作出现了。毕加索因此一夜成名，成为蜚声世界画坛的巨匠。

机遇是影响我们成功与否的偶然因素，但有时又起着决定性的作用。很多人认为自己之所以没有成功，就是缺少像成功者那样的机遇。尽管机遇从其本身来看，并不是一个能够人为地加以控制的东西，但这并不意味着我们就不能努力地去用心把握一些机遇，迎接运气的到来。事实上，机遇不是等来的，也不是别人送的，而是自己争取和创造出来的。

某音乐学院的一个大学生，被分配到某企业的工会做宣传工作。刚一开始，他很苦恼，认为自己的专业才能与工作不对口，在这里长干下去，不但自己的前途会耽误，而且日久生疏，自己的专业也可能被荒废。于是他四处活动，想调到一个适合自己发展的环境中去。可是，几经折腾，终未成功。

之后，他便死心塌地地安守在这个工作岗位上，发誓要改变"英雄无用武之地"的状况。他找到单位工会主席，提出了自己要为企业筹建乐队的计划。正好这个企业刚从低谷走出来，正扭亏为盈向高潮发展，企业领导也想大张旗鼓地宣传企业形象，提高产品的知名度，就欣然同意了他的计划。

这下这个年轻人来精神头了，跑基层、寻人才、买器具、设舞台、办培训，不出半年，就使乐队初具了规模。两年以后，这个企业乐队的演奏水平，已成了全市一流，而且堪与专业乐队相媲美，而他自己则成了全市知名度很高的乐队经理。

这个年轻人通过自己的努力，完全改变了自己所处的环境，化劣势为优势，不但开辟出了自己施展才能的用武之地，而且培养了自己的领导管理才能，为自己日后发展奠定了坚实的基础。

　　由此可见，机遇不是等来的。如果暂时我们发现不了机遇，我们完全可以创造机遇。就比如我们想要找油矿的话，当然要走到可能有矿脉的地方去找；我们想要捕鱼的话，我们就到有鱼的水塘江河湖海去。

　　在奥斯维辛集中营，一个犹太人对他的儿子说："现在我们唯一的财富就是智慧，当别人说1加1等于2的时候，你应该想到1加1大于2。"

　　1946年，这对父子来到美国，在休斯敦做铜器生意。一天，父亲问儿子一磅铜的价格是多少。儿子答："35美分。"父亲说："对，整个得克萨斯州都知道每磅铜的价格是35美分，但作为犹太人的儿子，你应该说3.5美元。你试着把一磅铜做成门把看看。"

　　20年后，父亲死了，儿子独自经营铜器店。他做过铜鼓，做过瑞士钟表上的簧片，做过奥运会的奖牌。他曾把一磅铜卖到3500美元，这时他已是麦考尔公司的董事长。

　　然而，真正使他扬名的，是纽约州的一堆垃圾。

　　1974年，美国政府为清理给自由女神像翻新扔下的废料，向社会广泛招标。但好几个月过去，没人应标。当时，犹太人的儿子正在法国旅行，他听说此事后，立即从法国飞往纽约，未提任何条件，当即就和美国政府签了字。

　　纽约许多运输公司对他的这一"愚蠢"举动暗自发笑。因为在纽约州，垃圾处理有严格的规定，弄不好会受到环保组织的起诉。就在这些人想看犹太人的儿子笑话时，犹太人的儿子开始组织工作对废料进行分类。他让人把废铜熔化，铸成小自由女神像；把木头等加工成底座；废铅、废铝做成纽约广场的钥匙。最后，他甚至把从自由女神身上扫下的灰尘都包装起来，出售给花店。不到3个月的时间，他让这堆废料变成了 350 万美元的现金，每磅铜的价格整整翻了 1 万倍。

　　积极主动地创造机遇，是现代人必须具备的人生态度。机遇绝非上苍的恩赐，它是创造主体主动争来的，主动创造出来的。所以，如果我们真是一块金子，当被埋没的时候，我们就应该积极主动地创造机遇让别人发现我们的光芒！

放飞想象的翅膀

摘编 / 璐露

爱因斯坦说："想象力比知识更重要。"知识是有限的，而想象力是无限的。知识本身不具有创造力，而想象力却具有。想象力是知识进化的源泉，更是创新的源泉。

创造源于想象，想象离不开丰富的知识。而知识，有两个来源。一方面，知识来自于我们对事物直接感知而获得的经验材料；另一方面，知识来自于对事物内部相互联系、相互作用的认识，借助想象力对事物内在联系的探索，是知识最重要的来源。

如果没有想象，我们就很难在经验的基础上产生超越性的认识。所以，人们常常把想象比喻为思维的翅膀。我们只有借助想象力，才能让自己的思维飞得更高。

汽车大亨亨利·福特于 1863 年 7 月生于美国密歇根州。他的父亲是个农夫，老福特认为孩子上学根本就是一种浪费，所以，老福特觉得他的儿子应该留在农场帮手，而不是去念书。

由于自幼在农场工作，使小福特很早便对机器产生兴趣，而他那用机器去代替人力和牲口的想象与意念便早露端倪。

小福特 12 岁的时候，已经开始构想要制造一部"能够在公路上行走的机器"。周围的人都"劝导"小福特放弃他那"奇怪的念头"，认为他的这个构想是不切实际的。然而意志力强的小福特并没有因此而放弃自己想象的翅膀，终于在他 33 岁的时候，制造了世界上第一辆摩托车。从此，美利坚合众国多了一位伟大的工业家。

拿破仑·希尔说："想象力是灵魂的工场，人类所有的成就都是在这里铸造的。"福特从 12 岁开始构想，到 33 岁得以实现，整整花了 21 年时间在这"灵魂的工场"铸造他的摩托车。

"人类失去联想，世界将会怎样"，是联想集团的著名广告语。有了想象才会有所创造。如果人类从没想象过要到天上去看看，又怎么会发明飞机，甚至登上月球。

在创造发明和探索新知识的过程中，想象力是一切希望和灵感的源泉。想象力是人的一种极为宝贵的智力品质，它对每个人的生活工作都有很大的影响。即使在严谨的科学领域，也同样离不开想象力。

阿基米德是古希腊著名的数学家、物理学家。一次，国王叫一个工匠替他打造一顶金皇冠。工匠的手艺非常高明，制作的皇冠非常精巧别致，而且重量跟当初国王所给的黄金一样重。可是，有人却向国王报告说，工匠制造皇冠时，私下吞没了一部分黄金，把同样重的银子掺了进去。国王听后，也怀疑起来，就把阿基米德找来，要他想法测定金皇冠里掺没掺银子。

这可把阿基米德难住了。他回到家里冥思苦想了好久，也没有想出办法，每天饭吃不下，觉睡不好，也不洗澡，像着了魔一样。过了几天，国王派人来催他进宫汇报。他妻子看他太脏了，就逼他去洗澡。阿基米德在澡堂洗澡的时候，脑子里还在想着国王给他出的难题。突然，他注意到，当他的身体在浴盆里往下沉的时候，有一部分水从浴盆边溢出来了。同时，他感觉到自己的身体入水愈深，体重好像便愈轻。于是，他立刻跳出浴盆，高兴地说："我有办法解决皇冠的问题了。"

进皇宫后，阿基米德让侍者拿来与皇冠一样重的一块金子、一块银子和皇冠，然后把这三样东西分别一一放在水盆里。他看到金块排出的水量比银块排出的水量少，而皇冠排出的水量比金块排出的水量多。实验结果证明，那个工匠私吞了黄金。

后来，阿基米德继续深入研究浮体的问题，结果发现了自然科学中的一个重要原理——浮力定律。不难看出，阿基米德是个富有想象力的人。可以说，正是由于阿基米德善于想象，才把这件生活中微不足道的小事与浮力联系起来，最终发现了重要的科学定律。

这就是想象带来的惊人的创造力。不仅历史上的伟大人物具有创造力，其实我们每个普通人都具备不可估量的创造力。创造性是每一个人作为人类的一员都具有的天赋潜能，当一个人为实现自己目标而努力时，就会利用自己已有的知识和经验，从一个概念跃至另一概念，然后找出可以用来解决问题和应对挑战的新概念、新联系和新方法。

亲情树

冬 天

文／朱自清

说起冬天，忽然想到豆腐。是一"小洋锅"（铝锅）白煮豆腐，热腾腾的。水滚着，像好些鱼眼睛，一小块一小块豆腐养在里面，嫩而滑，仿佛反穿的白狐大衣。锅在"洋炉子"上和炉子都熏得乌黑乌黑，越显出豆腐的白。这是晚上，屋子老了，虽点着"洋灯"，也还是阴暗。围着桌子坐的是父亲跟我们哥儿三个。"洋炉子"太高了，父亲得常常站起来，微微地仰着脸，觑着眼睛，从氤氲的热气里伸进筷子，夹起豆腐，一一地放在我们的酱油碟里。我们有时也自己动手，但炉子实在太高了，总还是坐享其成的多。这并不是吃饭，只是玩儿。父亲说晚上冷，吃了大家暖和些。我们都喜欢这种白水豆腐；一上桌就眼巴巴望着那锅，等着那热气，等着热气里从父亲筷子上掉下来的豆腐。

又是冬天，记得是阴历十一月十六晚上，跟Ｓ君Ｐ君在西湖里坐小划子。Ｓ君刚到杭州教书，事先来信说："我们要游西湖，不管它是冬天。"那晚月色真好，现在想起来还像照在身上。本来前一晚是"月当头"，也许十一月的月亮真有些特别吧。那时九点多了，湖上似乎只有我们一只划子。有点风，月光照着软软的水波，当间那一溜儿反光，像新砑的银子。湖上的山只剩了淡淡的影子。山下偶尔有一两星灯火。Ｓ君口占两句诗道："数星灯火认渔村，淡墨轻描远黛痕。"

我们都不大说话，只有均匀的桨声。我渐渐地快睡着了。Ｐ君

"喂"了一下，才抬起眼皮，看见他在微笑。船夫问要不要上净寺去：是阿弥陀佛生日，那边蛮热闹的。到了寺里，殿上灯烛辉煌，满是佛婆念佛的声音，好像醒了一场梦。这已是十多年前的事了，S君还常常通着信，P君听说转变了好几次，前年是在一个特税局里收特税了，以后便没有消息。

在台州过了一个冬天，一家四口子。台州是个山城，可以说在一个大谷里。只有一条二里长的大街。别的路上白天简直不大见人，晚上一片漆黑，偶尔人家窗户里透出一点灯光，还有走路的拿着的火把，但那是少极了。我们住在山脚下。有的是山上松林里的风声，跟天上一只两只的鸟影。夏末到那里，春初便走，却好像老在过着冬天似的；可是即便真冬天也并不冷。我们住在楼上，书房临着大路；路上有人说话，可以清清楚楚地听见。但因为走路的人太少了，间或有点说话的声音，听起来还只当远风送来的，想不到就在窗外。我们是外路人，除上学校去之外，常只在家里坐着。妻也惯了那寂寞，只和我们爷儿们守着。外边虽老是冬天，家里却老是春天。

有一回我上街去，回来的时候，楼下厨房的大方窗开着，并排地挨着她们母子三个；三张脸都带着天真微笑地向着我。似乎台州空空的，只有我们四人；天地空空的，也只有我们四人。那时是民国十年，妻刚从家里出来，满自在。现在她死了快四年了，我却还老记着她那微笑的影子。无论怎么冷，大风大雪，想到这些，我心上总是温暖的。

镀金的学说

文 / 萧红

　　我的伯伯，他是我童年唯一崇拜的人物，他说起话有宏亮的声音，并且他什么时候讲话总关于正理，至少那时候我觉得他的话是严肃的，有条理的，千真万对的。

　　那年我十五岁，是秋天，无数张叶子落了，回旋在墙根了，我经过北门旁在寒风里号叫着的老榆树，那榆树的叶子也向我打来。可是我抖擞着跑进屋去，我是参加一个邻居姐姐出嫁的筵席回来。一边脱换我的新衣裳，一边同母亲说，那好像同母亲吵嚷一般："妈，真的没有见过，婆家说新娘笨，也有人当面来羞辱新娘，说她站着的姿式不对，坐着的姿式不好看，林姐姐一声也不作，假若是我呀！哼！……"

　　母亲说了几句同情的话，就在这样的当儿，我听清伯父在呼唤我的名字。他的声音是那样低沉，平素我是爱伯父的，可是也怕他，于是我心在小胸膛里边惊跳着走出外房去。我的两手下垂，就连视线也不敢放过去。

　　"你在那里讲究些什么话？很有趣哩！讲给我听听。"伯父说话的时候，他的眼睛流动笑着，我知道他没有生气，并且我想他很愿意听我讲究。我就高声把那事又说了一遍，我且说且作出种种姿式来。等我说完的时候，我仍欢喜，说完了我把说话时跳打着的手足停下，静等着伯伯夸奖我呢！可是过了很多工夫，伯伯在桌子旁仍写他的文字。

对我好像没有反应，再等一会他对于我的讲话也绝对没有回响。至于我呢，我的小心房立刻感到压迫，我想我的错在什么地方？话讲的是很流利呀！讲话的速度也算是活泼呀！伯伯好像一块朽木塞住我的咽喉，我愿意快躲开他到别的房中去长叹一口气。

伯伯把笔放下了，声音也跟着来了："你不说假若是你吗？是你又怎么样？你比别人更糟糕，下回少说这一类话！小孩子学着夸大话，浅薄透了！假如是你，你比别人更糟糕，你想你总要比别人高一倍吗？再不要夸口，夸口是最可耻，最没出息。"

我走进母亲的房里时，坐在炕沿我弄着发辫，默不作声，脸部感到很烧很烧。以后我再不夸口了！

伯父又常常讲一些关于女人的服装的意见，他说穿衣服素色最好，不要涂粉，抹胭脂，要保持本来的面目。我常常是保持本来的面目，不涂粉不抹胭脂，也从没穿过花色的衣裳。

后来我渐渐对于古文有趣味，伯父给我讲古文，记得讲到吊古战场文那篇，伯父被感动得有些声咽，我到后来竟哭了！从那时起我深深感到战争的痛苦与残忍。大概那时我才十四岁。

又过一年，我从小学卒业就要上中学的时候，我的父亲把脸沉下了！他终天把脸沉下。等我问他的时候，他瞪一瞪眼睛，在地板上走转两圈，必须要过半分钟才能给一个答话："上什么中学？上中学在家上吧！"

父亲在我眼里变成一只没有一点热气的鱼类，或者别的不具着情感的动物。

半年的工夫，母亲同我吵嘴，父亲骂我："你懒死啦！不要脸的。"当时我过于气愤了，实在受不住这样一架机器压轧了。我问他，"什么叫不要脸呢？谁不要脸！"听了这话立刻像火山一样暴裂起来。当时我没能看出他头上有火冒也没？父亲满头的发丝一定被我烧焦了吧！那时我是在他的手掌下倒了下来，等我爬起来时，我也没有哭。可是父亲从那时起他感到父亲的尊严是受了一大挫折，也从那时起每天想要恢复他的父权。他想做父亲的更该尊严些，或者加倍的尊严着才能压住子女吧？

可真加倍尊严起来了；每逢他从街上回来，都是黄昏时候，父亲一走到花墙的地方便从喉管作出响动，咳嗽几声啦，或是吐一口痰啦。后来渐渐我听他只是咳嗽而不吐痰，我想父亲一定会感着痰不够用了呢！我想做父亲的为什么必须尊严呢？或者因为做父亲的肚子太清洁？！把肚子里所有的痰都全部吐出来了？

一天天睡在炕上，慢慢我病着了！我什么心思也没有了！一班同学不升学的只有两三个，升学的同学给我来信告诉我，她们打网球，学校怎样热闹，也说些我所不懂的功课。我愈读这样的信，心愈加重点。

老祖父支住拐杖，仰着头，白色的胡子振动着说："叫樱花上学去吧！给她拿火车费，叫她收拾收拾起身吧！小心病坏！"

父亲说："有病在家养病吧，上什么学，上学！"

后来连祖父也不敢向他问了，因为后来不管亲戚朋友，提到我上学的事他都是连话不答，出走在院中。

整整死闷在家中三个季节，现在是正月了。家中大会宾客，外祖母啜着汤食向我说："樱花，你怎么不吃什么呢？"

当时我好像要流出眼泪来，在桌旁的枕上，我又倒下了！因为伯父外出半年是新回来，所以外祖母向伯父说："他伯伯，向樱花爸爸说一声，孩子病坏了，叫她上学去吧！"

伯父最爱我，我五六岁时他常常来我家，他从北边的乡村带回来榛子。冬天他穿皮大氅，从袖口把手伸给我，那冰寒的手呀！当他拉住我的手的时候，我害怕挣脱着跑了，可是我知道一定有榛子给我带来，我秃着头两手捏耳朵，在院子里我向每个货车夫问："有榛子没有？榛子没有？"

伯父把我裹在大氅里，抱着我进去，他说："等一等给你榛子。"

我渐渐长大起来，伯父仍是爱我的，讲故事给我听。买小书给我看，等我入高级，他开始给我讲古文了！有时族中的哥哥弟弟们都唤来，他讲给我们听，可是书讲完他们临去的时候，伯父总是说："别看你们是男孩子，樱花比你们全强，真聪明。"

他们自然不愿意听了，一个一个退走出去。不在伯父面前他们齐声说："你好呵！你有多聪明！比我们这一群混蛋强得多。"

男孩子说话总是有点野，不愿意听，便离开他们了。谁想男孩子们会这样放肆呢？他们扯住我，要打我："你聪明，能当个什么用？我们有气力，要收拾你。""什么狗屁聪明，来，我们大家伙看看你的聪明到底在哪里！"

伯父当着什么人也夸奖我："好记力，心机灵快。"

现在一讲到我上学的事，伯父微笑了："不用上学，家里请个老先生念念书就够了！哈尔滨的文学生们太荒唐。"

外祖母说："孩子在家里教养好，到学堂也没有什么坏处。"

于是伯父斟了一杯酒，挟了一片香肠放到嘴里，那时我多么不愿看他吃香肠呵！那一刻我是怎样恼烦着他！我讨厌他喝酒用的杯子，我讨厌他上唇生着的小黑髭，也许伯伯没有观察我一下！他又说："女学生们靠不住，交男朋友啦！恋爱啦！我看不惯这些。"

从那时起伯父同父亲是没有什么区别。变成严凉的石块。

当年，我升学了，那不是什么人帮助我，是我自己向家庭施行的骗术。后一年暑假，我从外回家，我和伯父的中间，总感到一种淡漠的情绪，伯父对我似乎是客气了，似乎是有什么从中间隔离着了！

一天伯父上街去买鱼，可是他回来的时候，筐子是空空的。母亲问："怎么！没有鱼吗？"

"哼！没有。"

母亲又问："鱼贵吗？"

"不贵。"

伯父走进堂屋坐在那里好像幻想着一般，后门外树上满挂着绿的叶子，伯父望着那些无知的叶子幻想，最后他小声唱起，像是有什么悲哀蒙蔽着他了！看他的脸色完全可怜起来。他的眼睛是那样忧烦的望着桌面，母亲说："哥哥头痛吗？"

伯父似乎不愿回答，摇着头，他走进屋倒在床上，很长时间，他翻转着，扇子他不用来摇风，在他手里乱响。他的手在胸膛上拍着，气闷着，再过一会，他完全安静下去，扇子任意丢在地板，苍蝇落在脸上，也不去搔它。

晚饭桌上了，伯父多喝了几杯酒，红着颜面向祖父说："菜市上看见王大姐呢！"

王大姐，我们叫他王大姑，常听母亲说："王大姐没有妈，爹爹为了贫穷去为匪，只留这个可怜的孩子住在我们家里。"伯父很多情呢！伯父也会恋爱呢，伯父的屋子和我姑姑们的屋子挨着，那时我的三个姑姑全没出嫁。

一夜，王大姑没有回内房去睡，伯父伴着她哩！

祖父不知这件事，他说："怎么不叫她来家呢？"

"她不来，看样子是很忙。"

"呵！从出了门子总没见过，二十多年了，二十多年了！"

祖父捋着斑白的胡子，他感到自己是老了！

伯父也感叹着："嗳！一转眼，老了！不是姑娘时候的王大姐了！头发白了一半。"

伯父的感叹和祖父完全不同，伯父是痛惜着他破碎的青春的故事。又想一想他婉转着说，说时他神秘的有点微笑："我经过菜市场，一个老太太回头看我，我走过，她仍旧看我。停在她身后，我想一想，是谁呢？过会我说：'是王大姐吗？'她转过身来，我问她，'在本街住吧？'她很忙，要回去烧饭，随后她走了，什么话也没说，提着空筐子走了！"

夜间，全家人都睡了，我偶然到伯父屋里去找一本书，因为对他，我连一点信仰也失去了，所以无言走出。

伯父愿意和我谈话似的："没睡吗？"

"没有。"

隔着一道玻璃门，我见他无聊的样子翻着书和报，枕旁一只蜡烛，火光在起伏。伯父今天似乎是例外，同我讲了好些话，关于报纸上的，又关于什么年鉴上的。他看见我手里拿着一本花面的小书，他问："什么书。"

"小说。"

我不知道他的话是从什么地方说起："言情小说，西厢是妙绝，红楼梦也好。"

那夜伯父奇怪的向我笑，微微的笑，把视线斜着看住我。我忽然想起白天所讲的王大姑来了，于是给伯父倒一杯茶，我走出房来，让他伴着茶香来慢慢的回味着记忆中的姑娘吧！

我与伯伯的学说渐渐悬殊，因此感情也渐渐恶劣，我想什么给感情分开的呢？我需要恋爱，伯父也需要恋爱。伯父见着他年轻时候的情人痛苦，假若是我也是一样。

那么他与我有什么不同呢？不过伯伯相信的是镀金的学说。

回家过年的诱惑

文 / 匡天龙

腊月到了，回家的号角吹响了，打临工的农民工早早地回归，写字楼里的白领也开始盼望年三十。曾经遥远的年，突然就近在咫尺了，那些美好的记忆，仿佛就在眼前。

腊月到了，腊货开始飘香，在城市的窗台、屋檐或小区的广场，甚至在城市每个角落，市民都见缝插针地晾晒着腊鱼、腊肉和腊肠。前两天，有一条微博说城市里有了腊味墙，有人说将腊味晒到公共场所有碍观瞻，而更多的人却说这是腊月的味道、城市的气息。

腊味墙的很多腊货都会带回家，就像我们会将城市的许多美味带回家，将属于自己的一整年的精彩带回家。我们的行囊里有老爸喜欢的棉鞋、老妈喜欢的新款羽绒服、外婆满意的结实的龙头拐杖。其实，家人对我们没有太高的要求，回家就是一种团圆，团圆就是一种幸福，幸福就是一种完美。或许会念叨薪水、对象和前途，但那是爱的牵挂和叮咛，而不是一种束缚和苛求。

无论家近在咫尺或远在天涯，无论家在百里之距还是千里之遥，家只需要一张长途汽车票或飞机票，家就在飞机高铁的那一头，其实家在我们匆忙而寂寞的心底。家是一种念想，家是一种图腾，家是近处的一首诗，家是远方的一幅画，回家的诱惑在腊月蓬勃，牵引着我们的心，也牵引着我们的脚。或许回家的票难买，或许回家的路难走，或许老家还有双亲和孩子，或许老家只是一片空空的故土，回家的诱惑却总是准时临至，让腊月只有一个永恒的方向，那就是熟悉的故乡、熟悉的家。

没有哪一刻，像腊月时分，回家的诱惑是那么地强烈，强烈到每一寸呼吸都是思念的气息、爱的气息、家的气息。春节来了，曾经忙碌的步伐、曾经浮躁的心，都不由自主地慢下来、静下来。或许只有家才能安抚一年的疲惫，或许只有春节才能消融三百六十五天的忧伤和寂寞，或许只有在回家的诱惑下，我们才能毅然放下工作、放下生意，放下城市的繁华，选择走向最初的原点，走向最质朴的家园，走向最温暖的港湾。

回家真好，带着最美的情绪回家、回自己的家，每一个离家的想家的恋家的人儿！

乡 愁

文 / 罗黑芷

写了《死草的光辉》已经回到了十四年前去的这个主人，固然走入了淡淡的哀愁，但是想再回去到一个什么样的时候，终寻不出一个落脚的地方。这并非是十四年以前的时间的海洋里，竟看不见一点飘荡的青藻足以系住他的萦思，其实望见的只是茫茫的白水，须得像海鸟般在波间低徊，待到落下倦飞的双翼，如浮鸥似的贴身在一个清波上面，然后那仿佛正歌咏着什么在这暂时有了着落的心中的叹息，才知道这个小小的周围是很值得眷恋的。谁说，你但向前途寻喜悦，莫在回忆里动哀愁呢？

呵！哀愁也好，且回转去吧，去到那不必计算的一个时候。那时候是傍晚的光景；我不知被谁，大约是一个嬷嬷吧？抱在臂里，从后厅正屋走到前厅回廊，给放下在右手栏杆边一个茶几上站住。才从母亲床上欢喜地睁开来的一双迷蒙蒙的小眼睛，在那儿看见一个穿蓝色竹布衣衫的女人，是在我小小的心中觉得一见面便张手要伊拥抱的女人。这是谁呢？你猜一猜看，伊凭倚着栏杆，微笑着，望着那被黄昏的光充塞了的庭院。空中无数点点的飞虫穿来穿去，它们的薄翅振动，仿佛习习有声。

"孩子！这是萤火虫呀！这是——"

我立刻被伊的唇吻着了，我在伊的那从有史以来便凝聚爱情的黑晶晶的睫下了。我从旁边不知又是谁的手里喝了一口苦味的浓茶，舌头上新得了一种苏生的刺激，我立刻在这小小的模糊的心中感觉了：这是我家的七月的黄昏。

回转去吧，房屋依然是那所古旧的房屋，在那条有一个木匠人家管守入口的短巷左边；落雨的时节，那木匠饲养的三只斑鸠便在檐下笼中咕咕地叫唤，时候却仿佛是五月。祖母在伊静悄悄的房中午睡；父亲的窗子里似乎有说话的声音；我的一个伴侣——一个比我大两岁的哥哥，叔母生的——不知到哪里去了；母亲也不见；我独自在后院天井里蹲着。那从墙边和砖缝里挺生出来的野草，有圆叶的，有方叶的，密密的，疏疏的，不知叫做什么，衬着满阶遍地的青苔，似乎满院里都是绿色的光的世界。

"哥儿！哪！这儿一点东西送给你。"

挑水的老王，从他担进院来而尚未息肩的一头水桶里，取出一枝折断了的柳梢，尖尖的长叶滴下了水珠在他的手背上。呵！城外是一个什么世界呢？他又在他肚腰带里挖摸着，一个黑壳亮翅的虫儿嘶鸣着随着他的手出来了：

"这叫做蝉子。"

"呵！老王！"

我飞跳过去了。于是那蝉和柳枝便齐装在一个小方竹笼内挂在后院的壁上。我在这东西旁边盘旋玩耍，直到"赫儿，赫儿"地呼唤着的即在今日还能引我潜然泪下的母亲的声音，可爱地送到我的小耳朵里。

回转去吧，回转去吧，这回仿佛在一个暮春的夜里。母亲坐在有灯光的桌前和邻家的姆姆安闲地谈着话。一个姑娘——我为你祝福，姑娘，我记不起你的名字了，——背靠着那窗下坐着。伊是我的姐姐，这是母亲教我这样称呼的；当伊站立起来的时候，伊仿佛比我高半个身躯，听说是要说人家了，因为 15 岁的女孩儿呢！正是，我来到母亲房里瞧着伊，原是我的先生的吩咐。我记得进来的时候，仿佛那先生已经到了后厅的屏门外，将他的一只耳朵和一只眼睛交换贴在门缝边向内打听。十分对不住您，先生，我现在应该这样向您道歉，因为姐姐抱我坐在伊的膝上，伊用面庞亲热地偎傍我，偏起头看我，摇我的肩膊，抚我的头发，喊我作"赫弟！赫弟！"我痴痴地瞧着伊的那笑眯眯但是而今我记不清楚了的尖尖的脸。先生，伊或许已经替你生了几个好儿子吧？可是我所能有的，只是那一根灯草头上吐出来的静静的一朵黄色灯焰。这也即是儿时母亲房里的春夜的光辉呵！虽然伊的身影很模糊，我细细吟味，如掣电般我便又站在伊的面前了。

　　隔着彭蠡的水，隔着匡庐的云，自五岁别后，这一生认为是亲爱的人所曾聚集过的故乡的家，便在梦里也在那儿唤我回转去。回转去罢，我而今真的回来了：你无恙么？我家的门首的石狮，我记得我曾在你身上骑过；你还被人家唤作秃头么？卖水果的老蒋，我记得你的担子上的桃子是香脆的；你还是在巷中袒出赤膊滑滑地和你师父同锯木头么？可怜的癞子徒弟，那些斑鸠又在叫唤你喂食给它们呢！这真是了不得，我还握着四文小钱在手中，听见门外叫卖糯米团子的熟悉声音来了，我便奔向大门去：

　　"糯米团子，一个混糖的，一个有白糖馅的！"

　　很甜，很甜，妈妈，您吃不吃呢？

非常假日

文 / 刽子手

放假了，一不小心受了凉，脸比柿子还红，连话都说不出来。只好到医院挂水。

检查结果出来了，是扁桃体炎，化了脓，引发了炎症。做过皮试后，呆呆地在挂水室里等待输液。

消毒水的气味扑鼻而来，里面混着一股霉味。我皱了皱眉，挑了个靠近门的座位。抬起手来看表，10：15。我百般无聊地趴在一坐就吱呀吱呀响的椅子上，旁边的大妈们正起劲地讨论东家的长，西家的短；情侣们卿卿我我，装出一副恩爱的样子；还有一个满胳膊血迹的人，他的胳膊软绵绵地耷拉着，显然已成了一个残疾人。四周的人一脸假惺惺的同情，但在这位残疾人的周围，没有一个人坐着，都生怕轻轻的呼吸，也会让这位残疾人猝死，使自己沾上麻烦。

10：20，时间真是过得好慢。

我正要昏昏沉沉地睡着，救护车来了。尖利的鸣声好像是在向别人炫耀：我又救到一个濒死的人，看我多能干！

不一会儿，医护人员从担架上抬下一位老人。老人的大腿和我的胳膊差不多粗细，裸露的皮肤上清晰地印着老年斑，嘴里不时地发出轻微而刺耳的咕噜声，似乎这样能缓解他的疼痛。

10：25，老人被推进了手术室。然而，就在短短两个半小时后，老人又被推出来了，身上多了一张覆盖他遗体的白床单……

"老人的眼角膜非常健康，能不能……"

医生的话还没说完，就被一位面无表情的中年男士打断了："我父亲生前叮嘱了，任何人都不能动他的器官，他要完好无损地被火化。"

"可是……"医生还想说什么，得到的只是冷漠的摇头。医生叹了口气，波澜不惊地走了。我猜，这样的病人家属，他似乎也见得多了。

担架上的人还没有被抬走，走近，还可以看见虚掩在床单下的痛苦神情，麻木而呆板。我想，这样的人，即使活着，一定也是生活在巨大的痛苦之下。死了，对他也是一种解脱吧！他可知，帮助别人的同时，也快乐了自己。可惜，他再也无法知道这个简单的道理了。

我开始思索生命的意义，对人生又多了一份感悟。

这次非常假日，使我懂得了更多……

孔雀开花

文 / 向善华

平日，我都是走路回家，但那天放学后，我刚走到校门口，阴沉了一个下午的天又飘起了毛毛雨，被早春二月的风一搅和，飞到脸上，冷飕飕的。我不禁打了一个寒战！恰好学生车停在那边公路上，我迟疑了几秒钟，便疾步走了过去。

如今的孩子好福气，上学放学都不用走路，专车接送到家门口。每天两块钱车费，他们年轻的父母大多在外边打工，只要孩子听话，区区两元钱，他们出得安心乐意。车上热烘烘的，也闹哄哄的。座位上半坐着的，过道上斜站着的，挤挤挨挨，推推搡搡，顽皮得不得了，小小的车厢，成了他们的欢乐园。除了司机和乘务员，车上就我一个大人。看来，我的上车，丝毫没有引起这些小家伙们的注意。

突然，我感到自己的衣服被谁用力扯了一下。坐在右排靠门处单人座上的是一位小女孩，八九岁光景，正偏着脑袋，忽闪着一双大眼睛瞪我："老师，我让你坐！"咦，她怎么知道我呢，土话中还夹着外地口音？再说，当今孩子给大人让座，也确实稀罕。我低头对她笑，说你怎么知道我是老师呢？她说她到中学找姐姐，我是她姐的语文老师，并讲出了她姐的名字。

我记起来了，正月开学，学校一下子转来了十几个学生，其中一个就是她姐。其实，他们都是本地人，几年前，随着打工的父母转学去了广州、深圳等地。去年，受金融风暴的影响，他们的父母不是降了工资，就是换了几次工厂，没办法，他们不得不转了回来……

小女孩站起来，硬要我坐她的位置，脸上的微笑是多么纯真，多么坚决！多懂礼貌的孩子，我生出一丝怜爱来。藏起成年人的客套与虚伪，微笑着，我坐在还留有她体温的座位上，心中好一阵感动。我们交谈起来。小女孩告诉我，她原来在广州私立学校读小学，姐姐上初三，去年腊月底才回来。过完年，爸妈又出去了，一个在广州，一个到海南，姐妹俩跟爷爷奶奶过。我问她想妈妈吗，她偏过脑袋，笑容闪了一下，又若有所思地抿了一下嘴，慎重地说，"想，有时又不想，不过，爸妈常常打电话回来……"

车子还没开。小女孩紧靠座椅站着，背上的小书包让挤挤搡搡的人群撞来撞去，她小小的身躯斜得有点吃力。我挪了挪身子，说我们俩挤着坐吧。她笑，只把书包解了下来，递给我，人却没有坐下。

一个与她一般大小的女孩挤到她的身边，面对面，很随便很熟练地捉住她的手，玩起了游戏。她俩唱着歌谣，交替击掌，啪啪、啪啪，幸福而快乐！我望着她俩笑。她们玩的这个游戏叫"花手板"，是我们小时候常玩的一种游戏，但是，她们唱的却不是三十年前的歌谣。

孔雀开花，一毛六，

二毛钱，一朵花，

六毛六，八毛八，

轰隆轰隆开！

什么时候，小学校园里流行着这样的歌谣！"孔雀开花"，而且是"轰隆轰隆开"！这歌谣有意思，我从内心里佩服孩子的想象力。突然，我想起了一部叫《乡村候鸟》的小说，作家叙述了一群背乡离井的农民工进城谋生的辛酸故事。可惜，我仅读过一点儿有关这部小说的评点文字！

孔雀东南飞，五里一徘徊！孔雀，是候鸟么？我心生一丝淡淡忧伤。小女孩，不就是一只刚从他乡飞回来的小孔雀？只过了一个年，"留守孩子"，不知有多少农家子弟共同拥有的四个字，又马上成了她的新名。但接下来，我的脸偷偷地红了。我错得太离谱！"轰隆轰隆开"，根本不是南来北往的火车，与旅途的艰难无关，与生活的阴霾无关。孔雀，"轰隆轰隆开"花，吉祥，美丽！歌谣，分明是一种憧憬，一种希望，是这些天真可爱的孩子们，对天涯海角的父母，一种最最善良的祈祷与祝福！

我的面前，两张笑靥灿烂无比……

车开了，载着可爱的小女孩和她的伙伴，载着"孔雀开花"的歌谣，行进在新修的水泥大道上！

愿孔雀都能轰隆轰隆地开花，都能平安幸福地开花！

妈妈的做法不一样

文 / 顾中诚

　　我和妈妈刚从超市出来，她就把我的东西递给我说："咱俩自己拿自己的。"我们干活时从来都是 AA 制，妈妈很少帮我。

　　走上城关桥，我们赶上了一位老奶奶，老奶奶拖着一袋沉甸甸的东西，吃力地向前挪动着。

　　妈妈拿过我的方便袋，悄悄地说："你去帮那个老奶奶拉袋子。"

　　我听话地走到老奶奶面前，说："老奶奶，我帮你。"我拽过老奶奶袋子的一角儿。可袋子太重了，我根本拉不动。袋子一点儿也没有因为我加入而移动变快一点点。

　　妈妈见了，说："诚诚，你走开。"她对老奶奶说："大娘，我帮你提吧。"

　　老奶奶感激地松开手，妈妈提起袋子，快步向前走去。

　　我追上妈妈，好奇地问："妈妈，你愿意帮老奶奶提袋子，为什么不愿意帮我拎啊？"

　　"自己的事情自己做，实在有困难时才可以向别人求助。自己的事情做好了，才能帮助别人，让别人觉得你有用，"妈妈看了看我，说，"你现在回到老奶奶身边，陪老奶奶说话去。"

　　看妈妈提那么重的袋子，真没有多余的力气跟我说什么，我便走回老奶奶的身边，去跟老奶奶聊天了。

走到十字路口，妈妈停下来喘口气，问老奶奶往哪边走，然后，又飞快地向前走去。

妈妈一直把老奶奶的袋子提到她家门口，才拉着我的手往家走。

我疑惑地问："妈妈，你不是不让我跟陌生人说话吗？为什么还让我跟老奶奶在一起呢。"

"那个老奶奶不是坏人，"顿了顿，妈妈又说，"我让你陪老奶奶一起走，是怕老奶奶对妈妈不信任。妈妈提着那么重的东西，当然要快走才省力，可万一老奶奶担心妈妈提走她的东西，一个劲儿在后面追赶妈妈，累出病来，妈妈做的好事就变成坏事了。考虑到对方的感受，这样才是真真正正地做好事。"

听妈妈这么说，我自豪地扑到妈妈怀里说："妈妈，如果人人都像你这样做好事，多好啊。"

"做好事的人还是很多的。"妈妈肯定地点点头，用手摸了摸我的头，随后，把我的方便袋递给我。

我只好接过来，妈妈原来的面目又回来了。

守着窗的老人

文/党晨阳

暮霭沉沉，寒鸦悲啼，荒地里添了一座新坟。

微弱的火舌咀嚼着最后一缕焚纸，妄想照亮渐渐暗淡的天际。青烟袅袅不息，空中飘舞的碎屑似一只只黑色的蝶，伴着熊熊的火光，老人婴儿般的面庞愈发清晰，她慈爱的笑颜一如往昔。

回忆中的老人总是戴着黑色头巾，拄着一柄乌木拐杖，望着窗外的乡间小路尽头处出神，那是村子里通往外面世界的唯一一条路。她精神矍铄，身子硬朗，有着一张明媚如春的笑靥和一双时常泛起涟漪的眼眸。笃、笃、笃，是老人轻蹑三寸金莲般的小脚，用乌木拐杖敲打厚实的黄土地所发出的独特的声音。

每逢返乡必会见到她，她的问题就像窗外的小路，永远都没有尽头："你说这泥路都变成柏油马路了，他到底让我等到什么时候？""城里咋就那么好，这人一去就不回来了。"老人不停念叨的是她的儿子，她一直以来所盼望的，不过是在那远不可及的小路尽头出现儿子的身影。

我对她笑笑："您放心，一定会回来的，总会有那么一天的。"

老人的眸中闪耀着充满希望的火苗，比除夕夜漫天璀璨的烟火还要绚烂夺目，我连忙将目光移到门前一棵刚刚发芽的垂柳身上。老人像是觉察到了些什么，却只是沉默不语，伸出长满厚茧的手轻抚阳光下的嫩叶。

时光流转，白驹过隙，匆匆几年间，岁月竟毫不留情地在耄耋之年的老人脸上镌刻出黝黑深邃的沟壑。老人的精神不如以前明朗，耳朵也不似从前灵敏，记性也随之变差，可唯一不变的是，她依旧守着那扇窗，坚守着对儿子的执着。

老人的儿子死于很多年前一场突如其来的大病，享年70岁，安葬在城里。这是村里心照不宣的秘密，只有老人一个人毫不知晓。

听村里人说，直到老人临终前，由于不忍看到痛苦万分的老人坐起身望向窗外，这个尘封了多年的秘密才得见天日，当真相被说出的那一刻，老人顿时睁大双眼，眸中闪烁着旁人从未见过的皎洁光芒，随即便黯淡了下去，安详地闭上了眼。

起身与老人作别，拍拍膝盖上不舍的泥土，见坟前的迎春花正盛，我释然放怀，无复蒂芥。

鬼马狂想曲

明天吧

文 / 晴儿

在一条昏暗偏僻的小巷子里，有一间厅吧，上边有着响当当的三个大字：明天吧。

一位打扮时髦的初中生满腹狐疑地走进"明天吧"，正好奇地四处打量着。一个身穿校服的工作人员微笑着走了过来，手中拿着一瓶橙色的饮料，笑吟吟地说："同学，你有苦恼吗？"

初中生一激灵上下打量着他，过了一会儿才说道："有啊！眼看着就要开学了，可假期作业还没写完……唉！开学可就没好日子喽！"

工作人员假装生气，愤愤道："现在的学校分明就是监狱，让本应快乐的孩子眉梢染上愁苦之色！没关系，小同学，姐姐送你一瓶饮料，喝了它，就没有苦恼了。"

初中生接过饮料，一口气喝干了它，清清凉凉的感觉让他轻松了不少，"嗨，这真是好东西！"

工作人员一听，立刻眉开眼笑："我们这儿还有很多，都是免费的！"

初中生摸了摸自己空空的口袋，高兴地点了点头，便和工作人员一起畅饮去了。

喝了几大瓶的初中生昏昏沉沉地靠在吧台上，眼睛都懒得睁一下。刚才的工作人员走了过来，推了推他："同学，该写作业了！"

初中生半睡半醒地说："明天……明天吧……"

不多时，一对中年夫妇走了进来，手里捧着一张照片，照片上的人正是刚才的初中生！他们捧着照片，焦急地问"明天吧"里的人："你看见过这个人吗？"

方才的工作人员走过去，递给他们一瓶红色的饮料，看着他们喝下去才说道："怎么了，孩子找不到了吗？"

中年夫妇连忙说道："是是是，孩子还有那么多的作业呢！但他却跑了出来，这可咋办呀！"

工作人员指了指吧台上的红色饮料，假装关心地说："二位别忙，喝口水吧，肯定能找到孩子的！我们的饮料全部免费！"

中年夫妇看了看，走到吧台前，没注意到另一侧熟睡的儿子，大口大口地喝下饮料。不一会儿，中年夫妇也开始犯困。工作人员见状，走过去轻声说道："该去找儿子了！"

中年夫妇嘟哝着："明天吧……"

时间久了，一个个贪玩的学生，一对对寻找孩子的家长……都聚集到这昏天黑地的"明天吧"来。一瓶瓶鲜艳的饮料下肚，所有人就只会说一句话："明天吧……"

时光在一句句"明天吧"里流逝。纯洁的学生成了顽劣的青年……知道"明天吧"的人数不胜数，来"明天吧"畅饮的人更是难以计数，和自己有"同感"的工作人员成了倾诉苦闷的好朋友。慢慢的，全市、全省、全国的人都来到这"仙境"。有些豪门子弟明知一切是免费的，却仍是挥金如土。"明天吧"扩展经营，全球连锁！

几十年后，如梦初醒的人们摸了摸那勉强跳动的心脏，悔不当初，明知现在应该去医院挽救健康，却在一句"明天吧"中结束了自己的生命。

"明天吧"究竟害了谁？！

小人国奇遇记

文 / 高涵玥

（1）

"起床了。"忽然一阵打雷似的声音传来。我睁开蒙眬的睡眼，一个巨人走到我的床边。我抬头一看，哇，好高的人呀！他眼如铜铃，身如大山。难道是我变小了？啊，不要啊！我大叫一声（其实声音像蚊子），随即晕了过去。

我恍恍惚惚地来到一座城堡。城堡的城墙上镶嵌着晶莹透亮的钻石。这时，城堡里走出一位仙女："小朋友，现在你已经成了一个拇指小人。"

"什么？我成了拇指小人。不会吧？"我急得像热锅上的蚂蚁，"仙女，快帮我变回原形吧。"

"把你变回原形只有一个办法。"

"什么办法？"我迫不及待地问。

"四川的大熊猫馆里，有我的姐姐蜜儿，她可以帮你变回原形。但是你必须找到一位有童心的大人，让他和你一起去。我只能给你1次机会。机会难得，你可要珍惜呀。快去吧。"仙女摸了摸我的头。

仙女还送我童心辨认卡和小人国的进城出入证。

（2）

我拿出一张进城出入证。突然，天旋地转，我来到了小人国。小人国里好安静呀。小孩子写作业，大人抄经书，老人们躺在靠椅上，静静地看着报纸。

我见路边有户人家，便去敲门。那户人家大人开了门："干嘛呀？"

我连忙拿出那张童心辨认卡，递过去，说："您好，送你一张童心卡。"

那人把卡一扔，挥了挥手："去——，你不会是要钱的吧？快滚！"

"对不起，打扰了。"我心里暗暗琢磨，有童心的人，只要一触摸童心辨认卡就会发光。他一定没有童心，算了，换一家吧。

一连换了几家，都没有合适的人选。这时，一阵悠扬的琴声传来，那琴声充满了童趣。我心想，这一定是有童心的人家。循着琴声，我敲了敲一户人家的门。一个天真活泼的小男孩打开了门。虽然他不认识我，但还是礼貌地请我进去。

进去后，我看到屋里有一位阿姨，便对阿姨说："阿姨，您好。我送您一张童心辨认卡，请收下。"

这位阿姨接过童心辨认卡时，童心辨认卡忽然闪动起来，发出耀眼的光芒，非常漂亮。

我连忙握住阿姨的手，说："阿姨，您有童心，能不能帮帮我？"

"你有什么需要我帮忙的？"

"我不是真正的拇指小人。只有找有童心的人，和我一起去找蜜儿仙女帮忙，我才能恢复原来的模样。阿姨，您是有童心的人，快帮帮我吧。"

（3）

"真是个懂礼貌的好孩子，我愿意帮助你。"阿姨和蔼可亲地说。

我们出了小人国，一路向着四川大熊猫馆奔去。不管是刮风下雨，还是烈日炎炎，都没有退缩。历经千辛万苦，终于来到四川大熊猫馆。在大熊猫馆门口，一阵清香扑面而来，我们看到一个身披长围巾、手拿紫玉伞的美丽姑娘款款而来。

姑娘走近后，亲切地对我们说："我就是你们要找的蜜儿仙女。这儿有一座童心城堡，你们只有登上童心城堡的堡顶，你们的愿望才能实现了。不过，进入童心城堡后，需要翻越火山、攀爬刀山和穿越冰山后才能登上堡顶。我在堡顶等着你们，希望你们能成功！"

我们进入童心城堡后，首先碰到的是一座火山，山上的大火正熊熊燃烧。为了实现我的愿望，有童心的阿姨不顾危险和我一起往火上冲。冲过火山后，我们身上的衣服全烧焦了，眉毛和头发也全烧掉了。但我们全然不顾，继续往前走。

不一会儿，刀山便出现在我们面前。恐怖的刀山上，到处都竖立着锋利的刀子。我们咬着牙拼命往上爬，一步一步又一步。我们的手被刀子划破了，鲜血不断地往外流。但我们并没有因此退却，而咬紧牙关、忍住剧痛继续往上爬。终于，我们爬过了刀山。

刀山的上面是冰山。站在冰山脚下，一阵寒风袭来，我们禁不住打了个冷战。身上被刀山上的刀子划伤的伤口每爬一步都疼痛难忍。但为了能变回原样，我还是艰难地向冰山的山顶爬去……在爬的过程中，疼痛让我晕过去多次。每次都是阿姨把我唤醒，然后我们一起继续攀登。

"呼——呼——"我们喘着粗气，终于登上了童心堡顶。

这时，蜜儿仙女出现了。她笑眯眯地说："恭喜你们成功到达童心堡顶。"接着，她向我们的手心吹了口仙气。呀！我们身上的伤口马上全愈合了。仙女转了转手中的紫玉伞，说："小人国阿姨，多谢您帮助这位小朋友。我先送您回家。"

"能帮助别人，是我最快乐的事，"阿姨转过头来，"再见，小朋友，希望你心想事成。"

我还没来得及和阿姨挥手说再见。"呼——"的一声，阿姨就不见了。这时，蜜儿仙女也不见了。我急得大叫起来："仙女，您别走！您还没有帮我变大呢。您别走！"我追了过去。

（4）

咕咚一声，我从床上掉了下来，随即被惊醒了。我揉了揉摔疼的屁股，看了看四周，激动地叫起来："耶，我恢复原状了。"这时爸爸走过来："小懒虫，说什么梦话呢。太阳都晒屁股了。"

真是一次奇妙的梦幻之旅。

续写《皇帝的新装》

文 / 易姗

当那个孩子揭穿了皇帝的真面目，在场的所有人都发出了雷鸣般的嘲笑声。皇帝愣住了，恨不得马上找条裂缝钻进去！可是地上并没有裂缝，所以皇帝并没有这样做。皇帝转念一想，自己是有尊严的皇帝，可不能因这么一点点小事败了名声！正当皇帝在想办法摆脱困境时，一位狡猾的大臣看到皇帝一脸的苦相，悄悄对皇帝说："这些人真够没礼貌，一件这么好看、手工这么精美的衣裳，怎么能被笑话呢！我看就是典型的羡慕嫉妒恨，依我看，得把这些笑话您的人通通杀掉，给他们点颜色瞧瞧！"

皇帝左想右想，觉得这个主意妙得很。于是，就下令把笑话他的人都杀掉。顿时，在场的人都不吭声了，静得连一根针掉在地上都能听得见。

回到皇宫后，皇帝奖

赏这位给他出主意的大臣一千两黄金，另外还给他升了官职。从此，皇帝每天都穿着那身根本不存在的衣裳到处走，宫里的大臣们见了都连连称赞皇帝的衣裳好看。

为了炫耀自己的"新衣服"，不久，皇帝第二次来到街上巡游。有了上次的教训，人们不但不敢大笑了，还都为皇帝的"新衣服"喝彩呢！皇帝见了心里乐呵呵的，回到宫后，竟然把那位大臣升成了宰相。

又过了八年，有一天皇帝又穿着那件"新衣服"在大街上巡游时，人们依然假装为皇帝欢呼，为的只是保住自己的性命。

皇帝正得意时，忽然一位高大英武的少年跪在地上说："禀报皇帝，小民要告诉您一个真相。希望您容小民说完，说完后要杀要剐随便您！"

皇帝满脸疑惑地说："说吧！既然你敢用性命作赌注，一定是有什么事。"

"皇帝，您真的以为自己穿的是一件华丽的衣裳吗？您错了，您是被人骗了！您身边的那位大臣为了保住自己的职位，黑白颠倒地拍您的马屁！您的虚荣心太强了！为了自己的面子而去威胁老百姓的性命，还是一个好皇帝吗？"

当这位少年说完，全场爆发出了排山倒海的掌声，那位狡猾的宰相又羞愧又害怕，吓得面如土色。皇帝看了看自己的身体，思索了片刻，平静地对少年说："孩子，你是对了。谢谢你提醒我怎样做一个好皇帝，谢谢你让我看到了人性的真善美！"说着，皇帝拍了拍少年的肩膀，"你的勇气与真诚善良，必定成为你最美的衣裳，成为你永不褪色的衣裳。"

回到皇宫后，那位狡猾的宰相马上被关进了大牢，少年被皇帝任命为他的继承人。

自然物语

鹦哥儿

文 / 瞿秋白

"昔有鹦鹉飞集陀山。山中大火，鹦鹉遥见，入水濡羽，飞而洒之。天神言：'尔虽有意志，何足云也？'对曰：'尝侨居是山，不忍见耳。'"——胡适之引周栎园《书影》里的话做他的《人权论集》的序言。

鹦鹉是一种鸟儿，俗话叫做鹦哥儿。大家知道鹦哥儿会学嘴学舌的学人话。然而胡适之先生整理国故的结果，发见了它还会救火，这倒是个新发见的新大陆。

话呢，的确不错：现在的鹦哥儿都会救火了。第一，因为新大陆是鹦哥儿侨居过的，所以新大陆要有大火的话，它一定要去救。第二，鹦哥儿的"骨头烧成灰终究是中国人"（见同上），因此，中国正在大火，鹦哥儿也一定要来救的。鹦哥儿怎么救火呢？

鹦哥儿会学人话，它们自然是用自己的花言巧语来救火。

例如一八七一年普法战争的结果，普鲁士的兵打到了巴黎城下；资产阶级的各种党派，看见巴黎工人武装起来防守巴黎，并且组织公社政府，于是乎大家牺牲政见，团结起来一致对付工人，宁可准备把巴黎去投降普鲁士的军队。结果，的确把法国的爱洛两州立刻割让给德国，这样得了德国普鲁士的同意，使普鲁士的军队不来牵制他们，他们就痛痛快快的屠杀了巴黎公社。这个法国资产阶级各种党派联合的政府叫做国防政府，的确救了法国的和德国的资产阶级的统治。中国的鹦哥儿现在也学着法国资产阶级：也牺牲了自己的"人权"论的政见，也主张来这么一个国防政府。再则，最近英国财政资本的统治也开始着了大火了；所谓工党的麦克唐纳立刻牺牲政见，主张裁减工人失业救济费，减少工人工资以及国家职员的薪金，……和保守党自由党组织三党联合的国民政府，企图救英国帝国主义的命。中国的鹦哥儿也学着英国的贩卖工人的专家，来主张什么联合各派的国防政府。中国的鹦哥儿就会这样学嘴学舌的救火。固然，他们"虽有意志，何足云耳"，然而他们要救火的诚心，他们要救中国绅商统治以及国际帝国主义统治的诚心，是值得"感激"的！

花言巧语的鹦哥儿，你们的"人权""自由"……还要骗谁呢？

鹦哥儿呵鹦哥儿！你们还不如兔儿爷。兔儿爷有一种特别的骗人的本事！它们遇见什么危险的时候，立刻用两只小巧的前腿，把自己的很美丽的红眼睛遮起来；这样，它们就看不见危险了，它们以为危险也看不见它们了。如果它们遇见的是猎狗，那么，它们这一套把戏，岂不骗了猎狗又骗了自己么？自欺欺人，一当两用，真正巧妙之至。

中国的兔儿爷现在也应当看见大火了，但是，它们会遮起自己的眼睛来。

自从日本如入无人之境的打进了满洲，一切种种的鹦哥儿，都忽然的发见了中国的大火，大学教授，新闻记者……都在叫着："赤焰熏天，疮痍遍地。"大家口头上都要救国，其实是要救火。有些人也许衷心至诚的要解放中国，甚至于要解放的还是劳动群众；可是他们像兔儿爷一样故意遮起自己眼睛来，说"劳动群众腐化了么？为什么不起来救国？"他们遮起了自己的眼睛，不看那些对于帝国主义不抵抗的枪炮飞机手榴弹……正在对准着劳动群众，而且这些家伙对于劳动群众决没有对于"吾人子弟"的学生那么客气。结果，这些人的至诚，客观上仍旧是替绅商统治救火，——因为他们这样"至诚的态度"比鹦哥儿更加容易骗人。所以兔儿爷终究也是一种骗人的鹦哥儿，不过道行和法力比较的更深些罢了。

可以说：一切种种的鹦哥儿，连兔儿爷式的也在其内，虽然会学着人话七张八嘴在花言巧语的说个不了，然而他们大家一致不说的却有一件"小小的"事情。这是一件什么事情？

这就是成千成万的平民小百姓被人家屠杀，剥夺任何的自由和权利，做牛做马的做着苦工。这些小百姓还是牛马的时候，日本的以及法国英国美国……资本家的军队要开进中国来，永久是如入无人之境的。

中国的绅商统治之下，中国原是个"nomans'land"！

钓虾

文 / 陈禹希

为了美化环境，院里的小池新放了一些小虾苗。每次走过这里，都能看到它们在水里嬉戏打闹，时不时将池水拍出阵阵水花。

当长到有一只手指这么大时，小虾苗们就整天趴在离水面较近的石头上晒太阳。"要是捞几只养在家中的玻璃瓶里，肯定很酷！"想到这，童心未泯的我从家里拿来一个小盆，再找一根较粗的柳枝，用细线绑上一块半尺长的猪肉条，蹲在岸边的石块上开始重操"旧业"——钓虾！

才一会儿工夫，就有一只懒懒的、随水波游动的小虾闯入我的视线。"就它了！"我把猪肉向它慢慢地伸过去，轻轻地碰了碰它的胡须，想让它咬住肉再拉它上来。它微微动了两下，好似在犹豫，又似乎在害怕这样的"天降馅饼"会惹来"杀身之祸"。就在我有些不耐烦时，我手中的树枝突然有些颤动：它咬住了！为了让它既抱稳肉块不掉下来，又不至于惊动它，我把树枝稍微前伸，然后慢慢地将肉连它一起提出水面。一到盆子里，小虾的爪子就松了开来，沉在水底。它那半透明的身体轻轻地摇晃着，尾巴紧紧地卷曲着，靠在盆子的边缘，似乎在为刚才的举动懊恼不已。

用同样的方式，我又收获了几只"战利品"。它们匍匐在水底，不时动两下，好像一盘真正的水晶龙虾。"虾不愧是水中的呆子呀，这么容易就钓了上来。"正当我轻轻抚弄着它们，喜滋滋地准备向好朋友邀功时，巡逻的保安走了过来，说道："把它们放回去吧，它们离开水池活不了几天的。喜欢它，并不非得把它们变成自己的。每天你路过这里，看见它们，心情也会更舒畅呀！"

保安的话如重锤一般重重地敲打在我的心上："是呀！我怎么这么糊涂？爱它并不是非得拥有它。让它拥有自己的快乐，得到自己的幸福，不是更爱它吗？"我没有半分犹豫，把小虾们一股脑儿倒回了池塘里。

在暴风雨下

文 / 吴沂珊

"看，那天空。"

我抬眼望去，远处的天空依然晴朗，阳光依然和煦，朵朵白云依旧飘逸。可我隐隐约约地感到，那晴朗中，分明带着一股阴暗的气息，试图将那一束耀眼的阳光一丝丝地吞噬。我慌忙跑进屋子里，预感到暴风雨要来了。

不知过了多久，仿佛有一位漫不经心的画家，不紧不慢地将天空染成阴暗的灰色。地平线的那端，一团乌云正聚拢而来，一步步地移近。终于，天空被一道明晃晃的闪电划破，紧随其后的是一声巨响，震得房屋都为之惊颤，家家户户都将窗户锁得死死的。不一会儿，大雨倾盆而下。

只见越来越密的雨点，噼噼啪啪地砸下来，在大地上掀起了一片又一片的烟雾。娇嫩的花朵在狂风暴雨中无力地垂下了头，路边的小树在狂风的怒吼声中不住地摇曳着，树枝被打得七零八落，地上的灰尘、纸片、树叶等被狂风席卷到空中，在空中飞快地兜几个圈后，又猛烈地拍向窗户，把窗户拍得嗡嗡作响……伴随着狂风暴雨的还有接连不断的闪电，一道道闪电仿佛欲把天空一次次地劈开。

不知过了多久，雨点渐渐地稀疏了，落在屋顶上的声音越来越轻，堆聚在天空中的乌云也越来越薄。终于，雨停了，太阳慢慢从云层中探出了头。

看着路边被打得七零八落的艳丽的花朵，以及马路上的积水汇成的一条条滚滚流去的长河，我很难相信这是几十分钟前我生活的东北的一座城市，而不是江南水城？

我小心翼翼地用颤抖的双手打开窗户，伸手接住窗外太阳洒给我的一缕阳光，没错，这就是那座城市，是我生活了十几年的城市，她的阳光依旧那样清新。

蛛丝与梅花

文 / 林徽因

    真真地就是那么两根蛛丝，由门框边轻轻地牵到一枝梅花上。就是那么两根细丝，迎着太阳光发亮……再多了，那还像样么。一个摩登家庭如何能容蛛网在光天白日里作怪，管它有多美丽，多玄妙，多细致，够你对着它联想到一切自然造物的神工和不可思议处；这两根丝本来就该使人脸红，且在冬天够多特别！可是亮亮的，细细的，倒有点像银，也有点像玻璃制的细丝，委实不算讨厌，尤其是它们那么洒脱风雅，偏偏那样有意无意地斜着搭在梅花的枝梢上。

    你向着那丝看，冬天的太阳照满了屋内，窗明几净，每朵含苞的，开透的，半开的梅花在那里挺秀吐香，情绪不禁迷茫缥缈地充溢心胸，在那刹那的时间中振荡。同蛛丝一样的细弱，和不必需，思想开始抛引出去；由过去牵到将来，意识的，非意识的，由门框梅花牵出宇宙，浮云沧波踪迹不定。是人性，艺术，还是哲学，你也无暇计较，你不能制止你情绪的充溢，思想的驰骋，蛛丝梅花竟然是瞬息可以千里！

    好比你是蜘蛛，你的周围也有你自织的蛛网，细致地牵引着天地，不怕多少次风雨来吹断它，你不会停止了这生命上基本的活动。此刻"一枝斜好，幽香不知甚处，……"

    拿梅花来说吧，一串串丹红的结蕊缀在秀劲的傲骨上，最可爱，最可赏，等半绽将开地错落在老枝上时，你便会心跳！梅花最怕开；开了便没话说。索性残了，沁香拂散，同夜里炉火都能成了一种温存的凄清。

记起了，也就是说到梅花，玉兰。初是有个朋友说起初恋时玉兰刚开完，天气每天的暖，住在湖旁，每夜跑到湖边林子里走路，又静坐幽僻石上看隔岸灯火，感到好像仅有如此虔诚的孤对一片泓碧寒星远市，才能把心里情绪抓紧了，放在最可靠最纯净的一撮思想里，始不至亵渎了或是惊着那"瘝瘝思服"的人儿。那是极年轻的男子初恋的情景，——对象渺茫高远，反而近求"自我的"郁结深浅——他问起少女的情绪。

就在这里，忽记起梅花。一枝两枝，老枝细枝，横着，虬着，描着影子，喷着细香；太阳淡淡金色地铺在地板上：四壁琳琅，书架上的书和书签都像在发出言语；墙上小对联记不得是谁的集句；中条是东坡的诗。你敛住气，简直不敢喘息，巅起脚，细小的身形嵌在书房中间，看残照当窗，花影摇曳，你像失落了什么，有点迷惘。又像"怪东风着意相寻"，有点儿没主意！浪漫，极端的浪漫。"飞花满地谁为扫？"你问，情绪风似的吹动，卷过，停留在惜花上面。再回头看看，花依旧嫣然不语。"如此娉婷，谁人解看花意"，你更沉默，几乎热情地感到花的寂寞，开始怜花，把同情统统诗意地交给了花心！

这不是初恋，是未恋，正自觉"解看花意"的时代。情绪的不同，不止是男子和女子有分别，东方和西方也甚有差异。情绪即使根本相同，情绪的象征，情绪所寄托，所栖止的事物却常常不同。水和星子同西方情绪的联系，早就成了习惯。一颗星子在蓝天里闪，一流冷涧倾泄一片幽愁的平静，便激起他们诗情的波涌，心里甜蜜地，热情地便唱着由那些鹅羽的笔锋散下来的"她的眼如同星子在暮天里闪"，或是"明丽如同单独的那颗星，照着晚来的天"，或"多少次了，在一流碧水旁边，忧愁倚下她低垂的脸"。惜花，解花太东方，亲昵自然，含着人性的细致是东方传统的情绪。

此外年龄还有尺寸，一样是愁，却跃跃似喜，十六岁时的，微风零乱，不颓废，不空虚，巅着理想的脚充满希望，东方和西方却一样。人老了脉脉烟雨，愁吟或牢骚多折损诗的活泼。大家如香山，稼轩，东坡，放翁的白发华发，很少不梗在诗里，至少是令人不快。话说远了，刚说是惜花，东方老少都免不了这嗜好，这倒不论老的雪鬓曳杖，深闺里也就攒眉千度。

最叫人惜的花是海棠一类的"春红"，那样娇嫩明艳，开过了残红满地，太招惹同情和伤感。但在西方即使也有我们同样的花，也还缺乏我们的廊庑庭院。有了"庭院深深深几许"才有一种庭院里特有的情绪。如果李易安的"斜风细雨"底下不是"重门须闭"也就不"萧条"得那样深沉可爱；李后主的"终日谁来"也一样的别有寂寞滋味。看花更须庭院，常常锁在里面认识，不时还得有轩窗栏杆，给你一点凭藉，虽然也用不着十二栏杆倚遍，那么惆弱无聊。

当然旧诗里伤愁太多：一首诗竟像一张美的证券，可以照着市价去兑现！所以庭花，乱红，黄昏，寂寞太滥，时常失却诚实。西洋诗，恋爱总站在前头，或是"忘掉"，或是"记起"，月是为爱，花也是为爱，只使全是真情，也未尝不太腻味。就以两边好的来讲，拿他们的月光同我们的月色比，似乎是月色滋味深长得多。花更不用说了；我们的花"不是预备采下缀成花球，或花冠献给恋人的"，却是一树一树绰约的，个性的，自己立在情人的地位上接受恋歌的。

所以未恋时的对象最自然的是花，不是因为花而起的感慨，——十六岁时无所谓感慨，——仅是刚说过的自觉解花的情绪。寄托在那清丽无语的上边，你心折它绝韵孤高，你为花动了感情，实说你同花恋爱，也未尝不可，——那惊讶狂喜也不减于初恋。还有那凝望，那沉思……

一根蛛丝！记忆也同一根蛛丝，搭在梅花上就由梅花枝上牵引出去，虽未织成密网，这诗意的前后，也就是相隔十几年的情绪的联络。

午后的阳光仍然斜照，庭院阒然，离离疏影，房里窗棂和梅花依然伴和成为图案，两根蛛丝在冬天还可以算为奇迹，你望着它看，真有点像银，也有点像玻璃，偏偏那么斜挂在梅花的枝梢上。

观 火

文 / 梁遇春

　　独自坐在火炉旁边，静静地凝视面前瞬息万变的火焰，细听炉里呼呼的声音，心中是不专注在任何事物上面的，只是痴痴地望着炉火，说是怀一种惆怅的情绪，固然可以，说是感到了所有的希望全已幻灭，因而反现出恬然自安的心境，亦无不可。但是既未曾达到身如槁木，心如死灰的地步，免不了有许多零碎的思想来往心中，那些又都是和"火"有关的，所以把它们集在"观火"这个题目底下。

　　火的确是最可爱的东西。它是单身汉的最好伴侣。寂寞的小房里面，什么东西都是这么寂静的，无生气的，现出呆板板的神气，唯一有活气的东西就是这个无聊赖地走来走去的自己。虽然是个甘于寂寞的人，可是也总觉得有点怪难过。这时若使有一炉活火，壁炉也好，站着有如庙里菩萨的铁炉也好，红泥小火炉也好，你就会感到宇宙并不是那么荒凉了。火焰的万千形态正好和你心中古怪的想象携手同舞，倘然你心中是枯干到生不出什么黄金幻梦，那么体态轻盈的火焰可以给你许多暗示，使你自然而然地想入非非。她好像但丁《神曲》里的引路神，拉着你的手，带你走进荒诞的国土。人们只怕不会做梦，光剩下一颗枯焦的心儿，一片片逐渐剥落。倘然还具有梦想的学力，不管做的是狰狞凶狠的噩梦，还是融融春光的甜梦，那么这些梦好比会化雨的云儿，迟早总能滋润你的心田。看书会使你做起梦来，听你的密友细诉衷曲也会使你做梦，晨晴，雨声月光，舞影，鸟鸣，波纹，桨声，山色，暮霭……都能勾起你的轻梦，但是我觉得火是最易点着轻梦的东西。我只要一走到火旁，立刻感到现实世界的重压一一消失，自己浸在梦的空气之中了。有许多回我拿着一本心爱的书到火旁慢读，不一会儿，把书搁在一边，却不转睛地尽望着火。

那时我觉得心爱的书还不如火这么可喜。它是一部活书。对着它真好像看着一位大作家一字字地写下他的杰作，我们站在一旁跟着读去。火是一部无始无终，百读不厌的书，你那回看到两个形状相同的火焰呢！拜伦说："看到海而不发出赞美词的人必定是个傻子。"我是个沧海曾经的人，对于海却总是漠然地，这或者是因为我会晕船的缘故吧！我总不愿自认为傻子。但是我每回看到火，心中常想唱出赞美歌来。若使我们真有个来生，那么我只愿下世能够做一个波斯人，他们是真真的智者，他们晓得拜火。

记得希腊有一位哲学家——大概是 Zeno 吧——跳到火山的口里去，这种死法真是痛快，在希腊神话里，火神（He-phaestusorVulcan）是个跛子，他又是一个大艺术家。天上的宫殿同盔甲都是他一手包办的。当我靠在炉旁时候，我常常期望有一个黑脸的跛子从烟里冲出，而且我相信这位艺术家是没有留了长头发同打一个大领结的。

在《现代丛书》（Modern Library）的广告里，我常碰到一个很奇妙的书名，那是唐南遮（D'annvnzio）的长篇小说《生命的火焰》（The Flane of Life）。唐南遮的著作我一字都未曾读过，这本书也是从来没有看过的，可是我极喜欢这个书名，《生命的火焰》这个名字是多么含有诗意，真是简洁他说出人生的真相。生命的确是像一朵火焰，来去无踪，无时不是动着，忽然扬焰高飞，忽然消沉将熄，最后烟消火灭，留下一点残灰，这一朵火焰就再也燃不起来了。我们的生活也该像火焰这样无拘无束，顺着自己的意志狂奔，才会有生气，有趣味。我们的精神真该如火焰一般地飘忽莫定，只受里面的热力的指挥，冲倒习俗、成见、道德种种的藩篱，一直恣意干去，任情飞舞，才会迸出火花，幻出五色的美焰。否则阴沉沉地，若存若亡地草草一世，也辜负了创世主叫我们投生的一番好意了。我们生活内一切值得宝贵的东西又都可以用火来打比。热情如沸的恋爱，创造艺术的灵悟，虔诚的信仰，求知的欲望，都可以拿火来做象征。Heraclitus 真是绝等聪明的哲学家，他主张火是宇宙万物之源。难怪得二千多年后的柏格森诸人对着他仍然是推崇备至。火是这么可以做人生的象征的，所以许多民间的传说都把人的灵魂当作一团火。

爱尔兰人相信一妇人若是梦见一点火花落在她口里或者怀中，那么她一定会怀孕，因为这是小孩的灵魂。希腊神话里，Prometheus（普罗米修斯）做好了人后，亲身到天上去偷些火下来，也是这个意思。有些诗人心中有满腔的热情，灵魂之火太大了，倒把他自己燃烧成灰烬，短命的济慈就是一个好例子。可惜我们心里的火都太小了有时甚至于使我们心灵感到寒战，怎么好呢？

我家乡有一句土谚："火烧屋好看，难为东家。"火烧屋的确是天下一个奇观。无数的火舌越梁穿瓦，沿窗冲天地飞翔，弄得满天通红了，仿佛地球被掷到熔炉里去了，所以没有人看了心中不会起种奇特的感觉，据说尼罗王因为要看大火，故意把一个大城全烧了，他可谓是知道享福的人，比我们那班做酒池肉林的暴君高明得多。我每次听到美国那里的大森林着火了，燃烧得一两个月，我就怨自己命坏，没有在哥伦比亚大学当学生。不然一定要告个病假，去观光一下。

许多人没有烟瘾，抽了烟也不觉得什么特别的舒服，却很喜观抽烟，违了父母兄弟的劝告，常常抽烟，就是身上只剩一角小洋了，还要拿去买一盒烟抽，他们大概也是因为爱同火接近的缘故吧！最少，我自己是这样的。所以我爱抽烟斗，因为一斗的火是比纸烟头一点儿的火有味得多。有时没有钱买烟，那么拿一匣的洋火，一根根擦燃，也很可以解这火瘾。

离开北方已经快两年了，在南边虽然冬天里也生起火来，但是不像北方那样一冬没有熄过地烧着，所以我现在同火也没有像在北方时那么亲热了。回想到从前在北平时一块儿烤火的几位朋友，不免引起惆怅的心情，这篇文字就算做寄给他们的一封信吧！

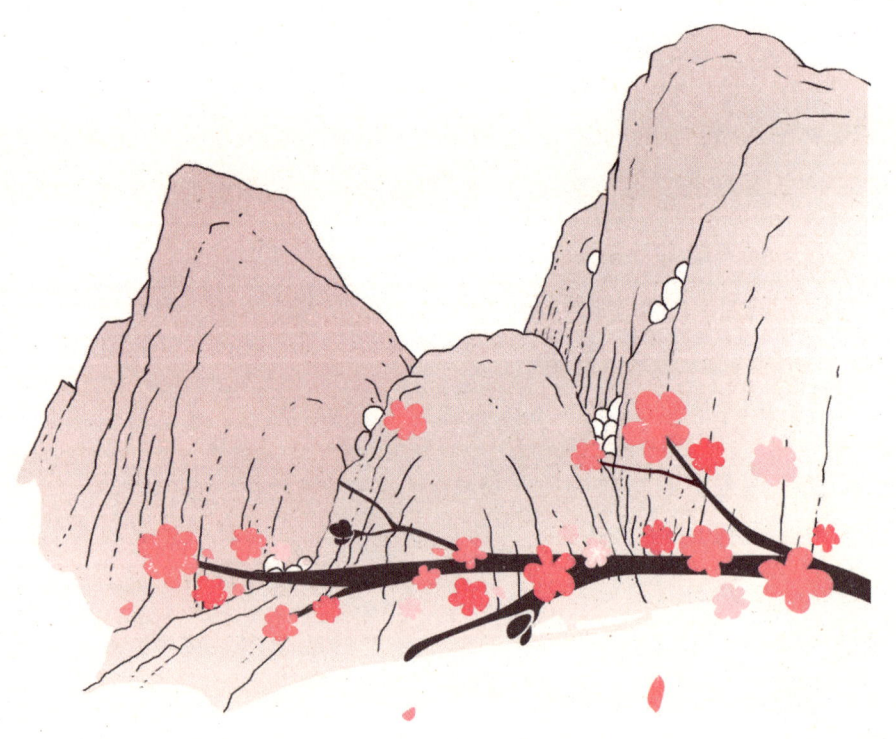

蚌之趣

文 / 廖雨麒

    上周六是个好日子。这天，阳光明媚，我们一大家子带了一些省时省力的工具，去龟角尾公园附近河边的沙滩上挖蚌。

    可能是太想吃蚌了，一到了公园，大家二话不说直奔沙滩上的"湖"而去。沙滩上怎么会有"湖"呢？说它是湖，可能是有点夸张，它只不过是沙子把河水截断了所形成的水洼而已。因为有水的缘故，在这样的"湖"里，蚌也是相当多的。

    看到其他人都拿了件称手的工具热火朝天地干了起来，我也不甘示弱，拿起铲子和刨子忙了起来。根据我以往的经验，河边沙地的蚌是最好的，也是最新鲜的。说起挖蚌，我可是个老手了：先用刨子把沙子铲松，这样做可以更快地把沙子刨出来；然后用铁锹把沙子全部铲到四周，再把底下的沙子挖出——越往下挖，沙子越湿润，沙蚌越多；最后把旁边的沙子拍平，加固就可以了——之所以做这一步，是为了预防沙子因重力不均而突然坍塌，导致前功尽弃。看来我选的地方还不错，第一锹下去，我就挖到了一个蚌，扁扁的，呈椭圆状，灰色的条纹密密麻麻地刻在它的身上，就像人工雕琢的艺术品一样，真是巧夺天工。接下来，我锹锹不走空，每一锹下去，都能挖到数量不一的蚌。不一会儿我就收获颇丰：已经有许多劳动成果"躺"在了沙滩上——有黑的，有灰的，还有黄的，一个个都夹杂在沙子中露出了头。家人们看到我挖到这么多蚌，连忙跑了过来："这些都是你挖的吗？这么多蚌，晚上可以开荤了！"他们一边说，一边帮我把挖出的蚌都捡了起来。听了大家的话，我心里乐滋滋的，浑身是劲，又动手挖了起来……

挖蚌固然有趣，但吃蚌更有趣。回到家，把蚌放在水里泡几天。等它们把嘴里的沙子都吐干净就可以放进锅里，把葱姜蒜和辣椒加入爆炒，再放入盐，味精和酱油，就可以出锅啦！夹上一个，轻轻拨开它的壳，放入嘴中……辣味带着鲜味瞬间就充满了整个口腔，香辛料的味道也独具一格，与蚌肉的味道混合在一起。这味道，和我以前吃过的大鱼大肉真是没法比——毕竟这是自己用汗水换来的劳动果实呀！

怎么样，听我说到这里，你是否也心动了呢？要是心动的话，下次可以找我，让我带你一起去龟角尾挖哦！

西藏五彩湖

摘编 / 慧超

在西藏北部无人区措勤的一个山间小平原上，有一个奇异的湖。它像一个五光十色的彩色宝石，镶嵌在群山怀抱之中，在晃悠升腾的云气里朦朦胧胧地若隐若现，充满了神秘色彩。

远眺此湖，在阳光照耀下，湖水闪现出白、黄、红、绿、蓝五种色彩；临近观湖，五色湖中的各种色彩层次分明，各居一方。尤其那靠近山脚的白色条带，与飘浮山腰的白云相连，构成一幅自然和谐的彩色画卷，凡见过五彩湖的人，无不赞叹其美！

那么，为什么五种色彩能同时在一个湖泊中出现呢？

原来，在远古时代，西藏是一片大海。后来，随着地壳变动，欧亚板块和印度板块频繁地激烈碰撞，使西藏从海底升起，并形成了大大小小的内陆构造湖。五彩湖就是板块碰撞、大地变形后形成的典型构造湖之一。

当时青藏高原的气候湿热，因而形成红色土，较浅的湖水被红土映照成红色。到第四纪时，强劲的北风吹来了黄土，它们沉积于红土之上的湖岸，因而湖水在黄土的映照下，形成黄色。以后青藏高原继续抬升，气候变干。长期干旱和湖水的强烈蒸发，在湖岸边又形成了白色的石膏层，湖水在石膏层的映照下又出现白色。而绿色和蓝色，则是湖水由浅入深造成的：越往湖心，湖水越深，湖色由黄绿变碧绿；到湖心最

深处，湖水变成了湛蓝色。

　　由于西藏地处世界屋脊，人烟稀少，自然环境几乎无污染。因此空气格外清新，能见度极高。加上此地多晴少阴，红日高照，蓝天盖顶，所以，从40公里远外就能看清这方圆数十里的五彩湖了。

"银河"是一条河吗？

摘编 / 张玄

　　自古以来，气势磅礴的银河就是人们十分注意观察和研究的对象。在古代中国，人们把"银河"视为天上的河流，并把想象力扩大到河东和河西的牛郎织女两个星座，编造出牛郎织女爱情的故事。诗仙李白曾写过"飞流直下三千尺，疑是银河落九天"的诗句，诗人李商隐的《嫦娥》中也有"长河渐落晓星沉"的诗句。

　　在国外，古希腊人如中国先人一样把天上的这条光带描述为"河"：The night sky gave a big hint，in the form of a lovely pale band of light that cut across the heavens like a river（仰望夜空，有一条瑰丽的光带依稀可见，它宛如一条河，将整个苍穹分割为二）。因为天上的这条河环绕整个天球，在公元前 6 世纪，希腊人最初称之为 Galaxias Kyklos 或 Kyklos Galaktikos（Milky Circle，奶色之环，通译"银环"）。后来接受了希腊文明的罗马人改称之为 Via Lactea（Milky Way，奶色之路），现代西方语言，如英、法、德、俄，均译自拉丁文 Via Lactea。顺便提及，与 the Milky Way 同义的 Galaxy（首字母大写）后来作为天文学术语保留下来，其他星系叫做 galaxies（首字母小写）。

　　世界各地有许多创造天地的神话围绕着银河系发展出来。有些神话将银河和星座结合在一起，认为成群牛只的乳液将深蓝色的天空染白了。

　　美丽的神话故事不能代替令人满意的科学解释。那么，银河究竟是不是一条河呢？

　　望远镜发明以后，这个问题得到了正确的答案。17世纪初期，伟大的意大利科学家伽利略把他自己制造的望远镜对准了银河，惊喜地发现银河并不是一条河，而是由原来是由许许多多、密密麻麻的恒星聚集在一起而形成的。由于这些恒星距离我们太远，人的眼睛分辨不清，把它看成了一条明亮的光带。

　　这条白茫茫的亮带，从东北向西南方向划开整个天空。在亮带里有许多小光点，就像撒了白色的粉末一样，辉映成一片。实际上一颗白色粉末就是一颗巨大的恒星，银河就是由许许多多恒星构成的。太阳是其中的一颗恒星。像太阳这样的恒星在银河中2000多亿颗。

　　由于星星发出的光离我们很远，数量又多，又与星际尘埃气体混合在一起，因此看起来就像一条烟雾笼罩着的光带，十分美丽。

家乡素描

北大河

文／刘半农

　　我不知道这条河叫什么名字。就河沿说，三院面前叫作北河沿，对岸却叫作东河沿。东与北相对，不知是何种逻辑。到一过东安门桥，就不分此岸彼岸，都叫作南河沿；剩下的一个西河沿，却丢在远远的前门外。这又不知是何种逻辑。

　　真要考订这条河的名字，也许拿几本旧书翻翻，可以翻得出。但考据这玩艺儿，最好让给胡适之顾颉刚两先生"卖独份"，我们要"玩票"，总不免吃力不讨好。

　　也许这条河从来就没有过名字，其唯一的名字就是秃头的"河"，犹如古代黄河就叫作河。

　　我是个生长南方的人，所谓"网鱼漉鳖，在河之洲；咀嚼菱藕，捃拾鸡头；蛙羹蚌臛，以为膳羞；布袍芒履，倒骑水牛"，正是我小时候最有趣的生活，虽然在杨元慎看来，这是吴中"寒门之鬼"的生活。

　　在八九岁时，我父亲因为我喜欢瞎涂，买了两部小画谱，给我学习。我学了不久，居然就知道一小点加一大点，是个鸭，倒写"人"字是个雁；一重画之上交一轻撇是个船，把"且"字写歪了不写中心二笔是个帆船。我父亲看了很喜欢，时时找几个懂画的朋友到家里来赏鉴我的杰作。记得有一天，一位老伯向我说："画山水，最重要的是要有水。有水无山，也可以凑成一幅。有山无水，无论怎样画，总是死板板的，令人透气不得。因为水是表显聪明和秀媚的。画中一有水，就可以使人神意悠扬远了。"他这话，就现在看来，也未必是画学中的金科玉律；但在当时，却飞也似的向我幼小的心窝眼儿里一钻，钻进去了再也不肯跑出来；因而养成了我的爱水的观念，直到"此刻现在"，还是根深蒂固。

民国六年，我初到北京，因为未带家眷，一个人打光棍，就借住在三院教员休息室后面的一间屋子里。初到时，真不把门口的那条小河放在眼里，因为在南方，这种河算得了什么，不是遍地皆是么？到过了几个月，观念渐渐地改变了。因为走遍了北京城，竟找不出同样的一条河来。那时北海尚未开放，只能在走过金鳌玉冻桥时，老远地望望。桥南隔绝中海的那道墙，是直到去年夏季才拆去的。围绕皇城的那条河，虽然也是河，却因附近的居民太多了，一边又有高高的皇城矗立着，看上去总不大入眼。归根结底说一句，你若要在北京城里，找到一点儿带有民间色彩的，带有江南风趣的水，就只有三院前面的那条河。什刹海虽然很好，可已在后门外面了。

自此以后，我对于这条河的感情一天好一天；不但对于河，便对于岸上的一草一木，也都有特别的趣味。那时我同胡适之，正起劲做白话诗。在这一条河上，彼此都嗡过了好几首。虽然后来因为嗡得不好，全都将稿子揉去了，而当时摇头摆脑之酸态，固至今犹恍然在目也。

不料我正是宝贵着这条河，这条河却死不争气！十多年来，河面日见其窄，河身日见其高，水量日见其少，有水的部分日见其短。这并不是我空口撒谎：此间不乏十年以上的老人，一问便知端的。

在十年前，只隆冬河水结冰时，有点乌烟瘴气，其余春夏秋三季，河水永远满满的，亮晶晶的，反映着岸上的人物草木房屋，觉得分外玲珑，分外明净。靠东安门桥的石岸，也不像今日的东歪西斜，只偷剩了三块半的石头。两岸的杨柳，别说是春天的青青的嫩芽，夏天的浓条密

缕，便是秋天的枯枝，也总饱含着诗意，能使我们感到课余之暇，在河岸上走上半点钟是很值得的。

现在呢，春天还你个没有水，河底正对着老天；秋天又还你个没有水，老天正对着河底！夏天有了一些水了，可是臭气冲天，做了附近一带的蚊蚋的大本营。

只是十多年的工夫，我就亲眼看着这条河起了这样的一个大变化。所以人生虽然是朝露，在北平地方，却也大可以略阅沧桑！

再过十多年，这条河一定可以没有，一定可以化为平地。到那时，现在在蒙藏院前面一带河底里练习掷手榴弹的丘八太爷们，一定可以移到我们三院面前来练习了！

诸公不信么？试看西河沿。当初是漕运的最终停泊点；据清朝中叶人所做的笔记，在当时还是樯桅林立的。现在呢，可已是涓滴不遗了！

基于以上的"瞎闹"（据师范大学高才先生们的教育理论，做教员的不"瞎闹"就是"瞎不闹"，其失维均，故区区亦乐得而瞎闹），谨以一片至诚，将下列建议提出诸位同事及诸位同学之前——

第一，那条河的最大部分（几乎可以说是全体），都在我们北大区域之内（我们北大虽然没有划定区域，但南至东安门，北达三道桥，西迄景山，谁也不能不承认这是我们北大的势力范围矩——谓之为"矩"而不言"圈"者，因其形似矩也——而那条河，就是矩的外直边），我们不管它有无旧名，应即赐以嘉名曰"北大河"。

第二，即称北大河，此河应即为北大所有。但所谓为北大所有，并不是我们要把它拿起来包在纸里，藏在铁箱里，只是说：我们对于此河，应当尽力保护；它虽然在校舍外面，应当看得同校舍里的东西一样宝贵。譬如目今最重要的问题，是将河中积土设法挑去，使它回复河的形状，别老是这么像害着第三期的肺病似的。这件事，一到明年开春解冻，就可以着手办理。至于钱，据何海秋先生说——今年上半年我同他谈过——也不过数百元就够；那么，老老实实由学校里掏腰包就是，不必向市政府去磕头，因为市政府连小一点儿的马路都认为支路不肯修，那有闲情逸致来挑河？（但若经费过多，自当设法请驻平的军队来帮帮忙）此外，学校里可以专雇一两上，或拨一两个听差，常在河岸上走走。要是有谁家的小少爷，走到河边拉开屁股就拉屎，就向他说："小弟弟，请你走远一步吧，这不是你府上的中厕啊！"或有谁家的老太太，要把秽土向河里倒，就向她说："你老可怜可怜我们的北大河罢！这大的北平城，那一处不可以倒秽土呢？劳驾啊，我给您请安！"诸如此类，神而明之，会而通之，是在哲者。

河岸上的树，现在虽然不少，但空缺处还很多。我的意思，最好此后每年每班毕业时，便在河旁种一株纪念树，树下竖石碑，勒全班姓名。这样，每年虽然只种十多株，时间积久了，可就是洋洋大观了。假如到了北大开一百周年纪念会时，有一个学生指着某一株树说："瞧，这还是我曾祖父毕业那年种的树呢。"他的朋友说："对啊！那一株，不是我曾祖母老太太密斯某毕业的一年种的么？"诸位试闭目想想，这还值不得说声"懿欤休哉"么？

总而言之言而总之，我虽然不相信风水，我总觉得水之为物，用腐旧的话来说，可以启发灵思；用时髦的话来说，可以滋润心田。要是我们真能把现在的一条臭水沟，造成一条绿水涟漪，垂杨飘拂的北大河，它一定能于无形中使北大的文学，美术，及全校同人的精神修养上，得到不少的帮助。

钓台的春昼

文 / 郁达夫

　　因为近在咫尺，以为什么时候要去就可以去，我们对于本乡本土的名区胜景，反而往往没有机会去玩，或不容易下一个决心去玩的。正唯其是如此，我对于富春江上的严陵，二十年来，心里虽每在记着，但脚却没有向这一方面走过。一九三一，岁在辛未，暮春三月，春服未成，而中央党帝，似乎又想玩一个秦始皇所玩过的把戏了，我接到了警告，就仓皇离去了寓居。先在江浙附近的穷乡里，游息了几天，偶而看见了一家扫墓的行舟，乡愁一动，就定下了归计。绕了一个大弯，赶到故乡，却正好还在清明寒食的节前。和家人等去上了几处坟，与许久不曾见过面的亲戚朋友，来往热闹了几天，一种乡居的倦怠，忽而袭上心来了，于是乎我就决心上钓台访一访严子陵的幽居。

　　钓台去桐庐县城二十余里，桐庐去富阳县治九十里不足，自富阳溯江而上，坐小火轮三小时可达桐庐，再上则须坐帆船了。

　　我去的那一天，记得是阴晴欲雨的养花天，并且系坐晚班轮去的，船到桐庐，已经是灯火微明的黄昏时候了，不得已就只得在码头近边的一家旅馆的楼上借了一宵宿。

　　桐庐县城，大约有三里路长，三千多烟灶，一二万居民，地在富春江西北岸，从前是皖浙交通的要道，现在杭江铁路一开，似乎没有一二十年前的繁华热闹了。尤其要使旅客感到萧条的，却是桐君山脚下的那一队花船的失去了踪影。说起桐君山,却是桐庐县的一个接近城市的灵山胜地,山虽不高,但因有仙,自然是灵了。以形势来论,这桐君山,也的确是可以产生出许多口音生硬,别具风韵的桐严嫂来的生龙活脉。地处在桐溪东岸,正当桐溪和富春江合流之所,依依一水,西岸便瞰视着桐庐县市的人家烟村。南面对江,便是十里长洲;唐诗人方干的故居,就在这十里桐洲九里花的花田深处。向西越过桐庐县城,更遥遥对着一排高低不定的青峦,这就是富春山的山子山孙了。东北面山下,是一片桑麻沃地,有一条长蛇似的官道,隐而复现,出没盘曲在桃花杨柳洋槐榆树的中间,绕过一支小岭,便是富阳县的境界,大约去程明道的墓地程坟,总也不过一二十里地的间隔。我的去拜谒桐君,瞻仰道观,就在那一天到桐庐的晚上,是淡云微月,正在作雨的时候。

鱼梁渡头,因为夜渡无人,渡船停在东岸的相君山下。我从旅馆踱了出来,先在离轮埠不远的渡口停立了几分钟。后来向一位来渡口洗夜饭米的年轻少妇,弓身请问了一口,才得到了渡江的秘诀。她说:"你只须高喊两三声,船自会来的。"先谢了她教我的好意,然后以两手围成了播音的喇叭,"喂,喂,渡船请摇过来"地纵声一喊,果然在半江的黑影当中,船身摇动了。渐摇渐近,五分钟后,我在渡口,却终于听出了晰呀柔橹的声音。时间似乎已经入了西时的下刻,小市里的群动,这时候都已经静息,自从渡口的那位少妇,在微茫的夜色里,藏去了她那张白团团的面影之后,我独立在江边,不知不觉心里头却兀自感到了一种他乡日暮的悲哀。渡船到岸,船头上起了几声微微的水浪清音,又铜东的一响,我早已跳上了船,渡船也已经掉过头来了。坐在黑影沉沉的舱里,我起先只在静听着柔橹划水的声音,然后却在黑影里看出了一星船家在吸着的长烟管头上的烟火,最后因为被沉默压迫不过,我只好开口说话了:"船家!你这样的渡我过去,该给你几个船钱?"我问。"随你先生把几个就是。"船家的说话冗慢幽长,似乎已经带着些睡意了,我就向袋里摸出了两角钱来。"这两角钱，就算是我的渡船钱，请你候我一会，上山去烧一次夜香，我是依旧要渡过江来的。"船家的回答，只是恩恩乌乌，幽幽同牛叫似的一种界音，然而从继这鼻音而起的两三声轻快的咳声听来，他却似已经在感到满足了，因为我也知道，乡间的义渡，船钱最多也不过是两三枚铜子而已。

到了桐君山下，在山影和树影交掩着的崎岖道上，我上岸走不上几步，就被一块乱石绊倒，滑跌了一次。船家似乎也动了恻隐之心了，一句话也不发，跑将上来，他却突然交给了我一盒火柴。我于感谢了一番他的盛意之后，重整步武，再摸上山去，先是必须点一枚火柴走三五步路的，但到得半山，路既就了规律，而微云堆里的半规月色，也朦胧地现出一痕银线来了，所以手里还存着的半盒火柴，就被我藏入了袋里。路是从山的西北，盘曲而上，渐走渐高，半山一到，天也开朗了一点，桐庐县市上的灯火，也星星可数了。更纵目向江心望去，富春江两岸的船上和桐溪合流口停泊着的船尾船头，也看得出一点一点的火来。走过半山，桐君观里的晚祷钟鼓，似乎还没有息尽，耳朵里仿佛听见了几丝木鱼钲钹的残声。走上山顶，先在半途遇着了一道道观外围的女墙，这女墙的栅门，却已经掩上了。在栅门外徘徊了一刻，觉得已经到了此门而不进去，终于是不能满足我这一次暗夜冒险的好奇怪僻的。所以细想了几次，还是决心进去，非进去不可，轻轻用手往里面一推，栅门却呀的一声，早已退向了后方开开了，这门原来是虚掩在那里的。进了栅门，踏着为淡月所映照的石砌平路，向东向南的前走了五六十步，居然走到了道观的大门之外，这两扇朱红漆的大门，不消说是紧闭在那里的。到了此地，我却不想再破门进去了，因为这大门是朝南向着大江开的，门外头是一条一丈来宽的石砌步道，步道的一旁是道观的墙，一旁便是山坡，靠山坡的一面，并且还有一道二尺来高的石墙筑在那里，大约是代替栏杆，防人倾跌下山去的用意，石墙之上，铺的是二三尺宽的青石，在这似石栏又似石凳的墙上，尽可以坐卧游息，饱看桐江和对岸的风景，就是在这里坐它一晚，也很可以，我又何必去打开门来，惊起那些老道的恶梦呢！

空旷的天空里，流涨着的只是些灰白的云，云层缺处，原也看得出半角的天，和一点两点的星，但看起来最饶风趣的，却仍是欲藏还露，将见仍无的那半规月影。这时候江面上似乎起了风，云脚的迁移，更来得迅速了，而低头向江心一看，几多散乱着的船里的灯光，也忽明忽灭地变换了一变换位置。

这道观大门外的景色，真神奇极了。我当十几年前，在放浪的游程里，曾向瓜州京口一带，消磨过不少的时日。那时觉得果然名不虚传的，确是甘露寺外的江山，而现在到了桐庐，昏夜上这桐君山来一看，又觉得这江山之秀而且静，风景的整而不散，却非那天下第一江山的北固山所可与比拟的了。真也难怪得严子陵，难怪得戴征士，倘使我若能在这样的地方结屋读书，以养天年，那还要什么的高官厚禄，还要什么的浮名虚誉哩？一个人在这桐君观前的石凳上，看看山，看看水，看看城中的灯火和天上的星云，更做做浩无边际的无聊的幻梦，我竟忘记了时刻，忘记了自身，直等到隔江的击柝声传来，向西一看，忽而觉得城中的灯影微茫地减了，才跑也似地走下了山来，渡江奔回了客舍。

第二日侵晨，觉得昨天在桐君观前做过的残梦正还没有续完的时候，窗外面忽而传来了一阵吹角的声音。好梦虽被打破，但因这同吹笙篥似的商音哀咽，却很含着些荒凉的古意，并且晓风残月，杨柳岸边，也正好候船待发，上严陵去；所以心里虽怀着了些儿怨恨，但脸上却只现出了一痕微笑，起来梳洗更衣，叫茶房去雇船去。雇好了一只双桨的渔舟，买就了些酒菜鱼米，就在旅馆前面的码头上上了船，轻轻向江心摇出去的时候，东方的云幕中间，已现出了几丝红晕，有八点多钟了。舟师急得厉害，只在埋怨旅馆的茶房，为什么昨晚上不预先告诉，好早一点出发。因为此去就是七里滩头，无风七里，有风七十里，上钓台去玩一趟回来，路程虽则有限，但这几日风雨无常，说不定要走夜路，才回来得了的。

过了桐庐，江心狭窄，浅滩果然多起来了。路上遇着的来往的行舟，数目也是很少，因为早晨吹的角，就是往建德去的快班船的信号，快班船一开，来往于两岸之间的船就不十分多了。两岸全是青青的山，中间是一条清洗的水，有时候过一个沙洲。洲上的桃花菜花，还有许多不晓得名字的白色的花，正在喧闹着春暮，吸引着蜂蝶。我在船头上一口一口地喝着严东关的药酒，指东话西地问着船家，这是什么山，那是什么港，惊叹了半天，称颂了半天，人也觉得倦了，不晓得什么时候，身子却走上了一家水边的酒楼，在和数年不见的几位已经做了党官的朋友高谈阔论。谈论之余；还背诵了一首两三年前曾在同一的情形之下做成的歪诗：

不是尊前爱惜身，
佯狂难免假成真，
曾因酒醉鞭名马，
生怕情多累美人。
劫数东南天作孽，
鸡鸣凤百海扬尘，
悲歌痛哭终何补，
义士纷纷说帝秦。

直到盛筵将散，我酒也不想再喝了，和几位朋友闹得心里各自难堪，连对旁边坐着的两位陪酒的名花都不愿意开口。正在这上下不得的苦闷关头，船家却大声的叫了起来说：

"先生，罗芷过了，钓台就在前面，你醒醒罢，好上山去烧饭吃去。"

擦擦眼睛，整了一整衣服，抬起头来一看，四面的水光山色又忽而变了样子了。清清的一条浅水，比前又窄了几分，四围的山包得格外的紧了，仿佛是前无去路的样子。并且山容峻削，看去觉得格外的瘦格外的高。向天上地下四围看看，只寂寂的看不见一个人类。双桨的摇响，到此似乎也不敢放肆了，钩的一声过后，要好半天才来一个幽幽的口响，静，静，静，身边水上，山下岩头，只沈浸着太古的静，死灭的静，山峡里连飞鸟的影子也看不见半只。前面的所谓钓台山上，只看得见两大个石垒，一间歪斜的亭子，许多纵横芜杂的草木。山腰里的那座椅堂，也只露着些废垣残瓦，屋上面连炊烟都没有一丝半缕，像是好久好久没有人住了的样子。并且天气又来得阴森，早晨曾经露一露脸过的太阳，这时候早已深藏在云堆里了，余下来的只是时有时无从侧面吹来的阴飕飕的半箭儿山风。船靠了山脚，跟着前面背着酒菜鱼米的船夫走上严先生树堂的时候，我心里真有点害怕，怕在这荒山里要遇见一个于枯苍老得同丝瓜筋似的严先生的鬼魂。

在洞堂西院的客厅里坐定，和严先生的不知第几代的裔孙谈了几句关于年岁水旱的话后，我的心跳也渐渐儿的镇静下去了，嘱托了他以煮饭烧菜的杂务，我和船家就从断碑乱石中间爬上了钓台。

东西两石垒，高各有二三百尺，离江面约两里来远，东西台相去只有一二百步，但其间却夹着一条深谷。立在东台，可以看得出罗芷的人家，回头展望来路，风景似乎散漫一点，而一上谢氏的西台，向西望去，则幽谷里的清景，却绝对的不像是在人间了。我虽则没有到过瑞士，但到了西台，朝西一看，立时就想起了曾在照片上看见过的威廉退儿的祠堂。这四山的幽静，这江水的青蓝，简直同在画片上的珂罗版色彩，一色也没有两样，所不同的就是在这儿的变化更多一点，周围的环境更芜杂不整齐一点而已，但这却是好处，这正是足以代表东方民族性的颓废荒凉的美。

从钓台下来，回到严先生的祠堂——记得这是洪杨以后严州知府戴槃重建的祠堂——西院里饱唉了一顿酒肉，我觉得有点酩酊微醉了。手拿着以火柴柄制成的牙签，走到东面供着严先生神像的龛前，向四面的破壁上一看，翠墨淋漓，题在那里的，竟多是些俗而不雅的过路高官的手笔。最后到了南面的一块白墙头上，在离屋檐不远的一角高处，却看到了我们的一位新近去世的同乡夏灵峰先生的四句似邵尧夫而又略带感慨的诗句。夏灵峰先生虽则只知崇古，不善处今，但是五十年来，像他那样的顽固自尊的亡清遗老，也的确是没有第二个人。比较起现在的那些官迷的南满尚书和东洋宦婢来，他的经术言行，姑且不必去论它，就是以骨头来称称，我想也要比什么罗三郎郑太郎辈，重到好几百倍。慕贤的心一动，醺人的臭技自然是难熬了，堆起了几张桌椅，借得了一枝破笔，我也向高墙上在夏灵峰先生的脚后放上了一个陈屁，就是在船舱的梦里，也曾微吟过的那一首歪诗。

从墙头上跳将下来，又向龛前天井去走了一圈，觉得酒后的干喉，有点渴痒了，所以就又走回到了西院，静坐着喝了两碗清茶。在这四大无声，只听见我自己的啾啾喝水的舌音冲击到那座破院的败壁上去的寂静中间，同惊雷似地一响，院后的竹园里却忽而飞出了一声闲长而又有节奏似的鸡啼的声来。同时在门外面歇着的船家，也走进了院门，高声的对我说：

"先生，我们回去罢，已经是吃点心的时候了，你不听见那只鸡在后山啼么？我们回去罢！"

丢失的乡村夏夜

文 / 向善华

　　我一直在想，到底是谁丢失了孩子的乡村夏夜！

　　我一直这样固执地认为，乡村的夏夜是孩子的。

　　我生在乡村长在乡村，我闭着眼睛都能说出乡村夏夜的模样，我张耳就能听到乡村夏夜的声音，我只要耸耸鼻，乡村夏夜里所有的气息就通通被我逮住了，泥香禾香桃香梨香，以及各家各户在牛栏猪圈门前烧起的赶蚊子的艾叶香，甚至牛鼻孔里呼出来的淡淡的青草味，哪一样能从我鼻子底下溜走呢？

　　那时候，我也是一个孩子。我不喜欢冬天的夜晚，天那么冷，孩子们穿着臃肿的棉衣棉裤，人都变成球了，叫我们怎么玩；我也不喜欢春天的夜晚，天气确实暖和起来了，但稍微动一下就要出汗，孩子们干脆脱了棉衣棉裤，却弄得大人满院子追着喊，加衣，加衣！烦都烦死了，哪能玩得尽兴？

　　夏天就不同了，夏天的夜晚才是孩子们自己的夜晚啊！

　　夏天，孩子们嫌白日太长，夜晚又总是姗姗来迟。你看，黄昏，乡村最后一缕炊烟都消失在茫茫夜空了，一群赤膊溜光的孩子还在溪里玩水，孩子们心里有盼头，孩子们是在等夏夜那枚月亮。月亮才不会失约呢，月亮是从山头跃进溪里的，还是先在溪水里扎了一个猛子才蹦上山头的？孩子们天天守着看着，这回却还是没看清。孩子们把月亮溅碎了，满溪银鳞闪闪，多美的月亮花；孩子们捉月亮捧月亮，月亮叮叮咚咚唱着歌儿从指缝滑入溪里了。夏夜的孩子就是这么弄月亮的，可月亮不会生气，孩子们嘻嘻哈哈上岸了，月亮在溪水里悠悠地一荡，又一荡，慢慢地自己复原自己，又是一脸慈祥。

夏夜里，孩子抬着一只小小的木桶去村后山脚下，不远的山脚下蓄着一泓泉，泉里养着圆圆的凉凉的一轮月亮。去时一只空桶晃悠悠，轻飘飘，回来却哗啦啦，沉甸甸，孩子竟然抬着月亮在走。月亮在水桶里扮鬼脸，一会儿拧鼻子，一会儿歪嘴巴，一会儿又眯眼睛，逗得孩子们笑偏了脚下的路，一朵一朵月光就泼凉了乡村夏夜。水桶抬到晒谷坪正中央，劳累了一天的大人你一瓢我一瓢，将月光"咕咚咕咚"喝下肚。孩子们心里也住进了一轮这样的月亮，亮堂堂的，甜丝丝的。

夏夜，孩子们一人一把枪，油菜杆镶的，一人一顶草帽，青藤绿叶织的，这边一伙才占了高地，那边一伙已经开始打扫自己的战场了。除了孩子，谁能将战争弄得这般温馨？夏夜，孩子们捉迷藏，我却怎么也找不到我的伙伴，他们能在我的眼皮子底下藏得无影无踪，却没本事在月亮的注视下隐形。这么深邃这么神秘的乡村夏夜，哪个黑角旮旯月亮不曾关照，月光不曾探访？夏夜，我有一个专用的火柴盒，我一蹦一跳地从晒谷坪这头撵到那头，我在追我的萤火虫哩。它却提着一盏小小的灯笼飞到南瓜叶上一闪一闪，我赶也赶不上。我打开火柴盒，月光倏地钻了进去。这意外的收获，心里不照样美美的？夏夜，我那还没开窍的小弟，要过祖母手中的大蒲扇，竟将祖父和周围的大人们一个一个扇得东倒西歪。月亮笑了，夏夜怎不乐陶陶？

转眼几十年，这样的情景只在我梦里出现，一幕接一幕，记忆的闸门就是关不住。现实呢，现实是乡村夏夜丢失了！

河床枯了，溪水浊了，月亮还来扎猛子么？村后的山脚坍了一大片，泉眼半睁半闭的，自身难保，叫它如何养月亮？煤气灶一打就燃，

第十三个星座

哪来的火柴盒，拿什么盛月光？蒲扇老土，那点可怜的自然风，在空调制造的冷气面前，还不羞死？还有，还有，仿真枪也玩腻了，塑料的又没兴趣，油菜杆脏兮兮的，结果连游戏也丢了！

孩子在哪儿呢？孩子在水泥楼房里看卡通，在镇上和自己的亲爹亲娘一起吃宵夜，又坐火车去了爹娘打工的城市。火车顶壁上的夜视灯好刺眼，但那不是月亮，也不是星星，城市从来就是没有夜晚的，城市的天空都被一幢接一幢一片连一片的摩天高楼割得稀巴烂了。夜空没了，星星月亮住哪儿，萤火虫又该把小小的灯笼往哪挂？

我一遍遍叩问灵魂，谁弄丢了我们的乡村夏夜！

我的家园我的梦

文 / 许俊伟

　　人总有抑制不住的恋家的情结。每每离开家，乘车赶往学校，望着难舍的家园，渐渐远去、远去……心中苦苦的、凉凉的。在宿舍的晚上，静下心来，脑海中翻来覆去、思潮涌动想着的只有家园，鼻子酸酸的，总有一种说不出的凄苦！

　　推开门，站在寝室的阳台上，望着那皎洁的弯月，想起席慕容的小诗：故乡的歌，是一支清远的笛，总在有月亮的晚上，响起！故乡的面貌，却是一种模糊的怅望，仿佛雾里的挥手——别离——

　　深夜入梦，梦里，那是月下的故乡，夜阑人静，晚风微拂，家园正安静地睡着、睡着，我想用手去轻轻地抚摸，却可望而不可即，咫尺之距似乎是如此的遥不可及。既然身处异地，又何必要有那非分之想，去轻慰家园呢。便即是这样"望"着故乡也是美好。

　　梦醒时分，泪湿枕巾，不由分外忧伤，梦里梦外，是一样的迷惘、惆怅……

　　仰面睡着，泪花含满了双眼，微闭，不断的，不断的，回想家园，那点点滴滴呵，点点滴滴都有如昨事一般，在记忆中闪烁，耳畔响起微风，把我送归梦境的家园。

　　走过家乡那条长长的路，刻下了一道道的脚印，又记下了多少往事，路边不远处那儿时洒满欢笑的村完小如今已被弃置。信步路上，两边绿意依然，而稻香不再，处处皆是农药化肥那肆意张狂的恶味。雨中阑珊，蓦然回首，只身一人。

淌在家乡那清清的河边，凝视河面，浮萍依依，薄雾郁郁，梦幻般的笼罩，河上那古韵丰富的石桥早已被钢筋混凝土的大桥所取代，依稀记得爷爷曾带我在河中洗澡、游泳，栽种欢乐，只是斯人已逝，流水依旧，更添些伤感罢了。

迎着落日的余晖，伫立河畔，由河面展望远方，那绚丽的天空，那远处的青山呵，原本可以倚着那因被雷劈掉树梢而长成伞状的水杉，只可惜人虽有意，电锯无情，早已化为实用的木材，缺失了那份在树下高吟"大江东去"的情趣，意懒心灰！

记忆中的故乡已经被无情地剪辑掉了太多太多，我不想这家园的最后一缕美好都化为回忆，相逢，只能在梦中邂逅。

家园的梦是一场没有结局的梦，越到后来，越来越朦胧。我在朦胧中轻轻呼唤，家园呵，家园的每一寸土，每一滴水，都是那么的熟悉，却同时又充斥着陌生，我在熟悉与陌生中纠结，在现实与梦境的边缘踟蹰，这一秒，多渴望，渴望能定格在家园的梦中。

如今离开家，家庭俨然是我的家园；以后到了外地求学，家乡的县抑或省便是我的家园，如果有机会出国，那么祖国是我的家园。记得季羡林先生身处德国时，在他的日记里经常写道：晚上做梦，一个是梦见母亲，一个是梦见自己的故乡，这两个场景是经常出现的。

此情此景，是拳拳故园情，而此刻的我又何尝不是如此呢！

了了，展望家园，那些熟悉的身影都在为家园的幸福美满而努力奋斗，未来的日子里，天蓝、水清、木盛、人谐。当下，在这神州大地上，实现"中国梦"的举措正在蓬勃的开展，中国梦，也是我们的梦！

我不知道几十年后的家园会是如何，或许早已是社会主义新农村了吧，虽然那整齐的房屋，宽阔的马路，以及完善的公共基础设施，让人

看着很是舒服，但我却总感觉缺少了原先所具有的韵味，望着那一亩亩绿油油的稻田，那一片片葱郁郁的菜地，还有那一处处清荡荡的池塘，各家都有自己的特色，才构成了一个多彩的村落，才有了梦中的欣然陶醉与依恋不舍。

落叶归根，我希望在我老来之时，能够回到那片生我养我的土地，在那条长长的小路上漫步，在那条轻轻的小河边痴笑。家园的变化，难以逆返，或许是发展，是越来越妙的美好，或许是遗憾，是越来越多的陌生。而梦境的变迁，一次又一次的亲密家园，是人生的享受，是我的幸运与渴求！

我的家园，情之所寄，梦其所源，而我的梦，依然在继续……

读书沙龙

一个防身药方的三味药

文 / 胡适

毕业班的诸位同学，现在都得离开学校去开始你们自己的事业了，今天的典礼，我们叫作"毕业"，叫作"卒业"，在英文里叫作"始业"（Commencement），你们的学校生活现在有一个结束，现在你们开始进入一段新的生活，开始撑起自己的肩膀来挑自己的担子，所以叫作"始业"。

我今天承毕业班同学的好意，承阎校长的好意，要我来说几句话，我进大学是在五十年前（1910），我毕业是在四十六年前（1914），够得上做你们的老大哥了，今天我用老大哥的资格，应该送你们一点小礼物，我要送你们的小礼物只是一个防身的药方，给你们离开校门，进人大世界，作随时防身救急之用的一个药方。

这个防身药方只有三味药：

第一味药叫作"问题丹"。

第二味药叫作"兴趣散"。

第三味药叫作"信心汤"。

第一味药，"问题丹"，就是说：每个人离开学校，总得带一两个麻烦而有趣味的问题在身边做伴，这是你们人世的第一要紧的救命宝丹。

问题是一切知识学问的来源，活的学问、活的知识，都是为了解答实际上的困难，或理论上的困难而得来的。年轻人世的时候，总得有一个两个不大容易解决的问题在脑子里，时时向你挑战，时时笑你不能对付他，不能奈何他，时时引诱你去想他。

只要你有问题跟着你，你就不会懒惰了，你就会继续有知识上的长进了。

学堂里的书，你带不走，仪器，你带不走；先生，他们不能跟你去，但是问题可以跟你走到天边！有了问题，没有书，你自会省吃省穿去买书；没有仪器，你自会卖田卖地去买仪器！没有好先生，你自会找好师友；没有资料，你自会上天下地去找资料。

各位青年朋友，你今天离开学校，夹袋里准备了几个问题跟着你走？

第二味药，叫作"兴趣散"，这就是说：每个人进入社会，总得多发展一点专门职业以外的兴趣——"业余"的兴趣。

你们多数是学工程的，当然不愁找不到吃饭的职业，但四年前你们选择的专门职业，真是你们自己的自由志愿吗？你们现在还感觉你们手里的文凭真可以代表你们每个人终身的志愿，终身的兴趣吗？——换句话说，你们今天不懊悔吗？明年今天还不会懊悔吗？

你们在这四年里，没有发现什么新的，业余的兴趣吗？在这四年里，没有发现自己在本行以外的才能吗？

总而言之，一个人应该有他的职业，又应该有他的非职业的玩意儿。不是为吃饭而是心里喜欢做的，用闲暇时间做的，——这种非职业的玩意儿，可以使他的生活更有趣，更快乐，更有意思，有时候，一个人的业余活动也许比他的职业还更重要。

英国19世纪的两个哲学家，一个是弥尔，他的职业是东印度公司的秘书，他的业余工作使他在哲学上、经济学上、政治思想史上，都有很大的贡献。一个是斯宾塞，他是一个测量工程师，他的业余工作使他成为一个很有势力的思想家。

英国的大政治家丘吉尔，政治是他的终身职业，但他的业余兴趣很多，他在文学、历史，两方面，都有大成就；他用余力作油画，成绩也很好。

今天到自由中国的贵宾，美国大总统艾森豪威尔先生，他的终身职业是军事，人都知道他最爱打高尔夫球，但我们知道他的油画也很有工夫。

各位青年朋友，你们的专门职业是不用愁的了，你们的业余兴趣是什么？你们能做的，爱做的业余活动是什么？

第三味药，我叫他作"信心汤"，这就是说：你总得有一点信心。

我们生存在这个年头，看见的、听见的，往往都是可以叫我们悲观、失望的——有时候竟可以叫我们伤心，叫我们发疯。

这个时代，正是我们要培养我们的信心的时候，没有信心，我们真要发狂自杀了。

我们的信心只有一句话："努力不会白费"，没有一点努力是没有结果的。

对你们学工程的青年人，我还用多举例来说明这种信心吗？工程师的人生哲学当然建筑在"努力不白费"的定律的基石之上。

我只举这短短几十年里大家都知道的两个例子：一个是亨利福特（Henry Ford），这个人没有受过大学教育，他小时半工半读，只读了几年书，十六岁就在一小机器店里做工，每周工钱两块半美金，晚上还得去帮别家做夜工。

五十七年前（1903）他三十九岁，他创立 Ford Motor Co.（福特汽车公司），原定资本十万元，只招得两万八千元。

五年之后（1908），他造成了他的最出名的 model T 汽车，用全力制造这一种车子。

1913 年——我已在大学三年级了，福特先生创立他的第一副"装配线"（Assembly line）。

1914 年，——四十六年前，——他就能够完全用"装配线"的原理来制造他的汽车了。同时（1914）他宣布他的汽车工人每天只工作八点钟，比别处工人少一点钟——而每天最低工钱五元美金，比别人多一倍。

他的汽车开始是九百五十元一部，他逐年减低卖价，从九百五十元直减到三百六十元——第一次世界大战之后，减到二百九十元一部。

他的公司，在创办时（1903）只有两万八千元的资本，——到二十三年之后（1926）已值得十亿美金了！已成了全世界最大的汽车公司了。1915 年，他造了一百万部汽车；1928 年，他造了一千五百万部车。

他的"装配线"的原则在二十年里造成了全世界的"工业新革命"。

福特的汽车在五十年中征服全世界的历史还不能叫我们发生"努力不白费"的信心吗？

第二个例子是航空工程与航空工业的历史。

也是五十七年前——1903 年 12 月 17 日，正是我十二整岁的生日——那一天，在北加罗林那州的海边 Kitty Hawk（基帝霍克）沙滩上，两个修理脚踏车的匠人，兄弟两人，用他们自己制造的一只飞机，在沙滩上试起飞，弟弟叫 Owille Wright，他飞起了十二秒钟。哥哥叫 Wilbur Wright，他飞起了五十九秒钟。

那是人类制造飞机飞在空中的第一次成功，——现在那一天（12 月 17 日）是全美国庆祝的"航空日"——但当时并没有人注意到那两个弟兄的试验，但这两个没有受过大学教育的脚踏车修理匠人，他们并不失望，他们继续试飞，继续改良他们的飞机，一直到四年半之后（1908 年 5 月）才有重要的报纸来报导那两个人的试飞，那时候，他们已能在空中飞三十八分钟了！

这四十年中，航空工程的大发展，航空工业的大发展，这是你们学工程的人都知道的，航空工业在最近三十年里已成了世界最大工业的一种。

我第一次看见飞机是在 1912 年。我第一次坐飞机是在 1930 年（三十年前）。我第一次飞过太平洋是在二十三年前（1937）；第一次飞过大西洋是在十五年前（1945），当我第一次飞渡太平洋的时候，从香港到旧金山总共费了七天！去年我第一次坐 Jet 机，从旧金山到纽约，五个半钟点飞了三千英里！下月初，我又得飞过太平洋，当天中午起飞，当天晚上就到美国西岸了！

五十七年前，Kitty Hawk 沙滩上两个脚踏车修理匠人自造的一个飞机居然在空中飞起了十二秒钟，那十二秒钟的飞行就给人类打开了一个新的时代，——打开了人类的航空时代。

这不够叫我们深信"努力不会白费"的人生观吗？

古人说："信心可以移山"（Faith moves mountains），又说，"功不唐捐"（唐是空的意思），又说，"只要功夫深，生铁磨成绣花针。"

青年的朋友，你们有这种信心没有？

论雅俗共赏

文 / 朱自清

陶渊明有"奇文共欣赏，疑义相与析"的诗句，那是一些"素心人"的乐事，"素心人"当然是雅人，也就是士大夫。这两句诗后来凝结成"赏奇析疑"一个成语，"赏奇析疑"是一种雅事，俗人的小市民和农家子弟是没有份儿的。然而又出现了"雅俗共赏"这一个成语，"共赏"显然是"共欣赏"的简化，可是这是雅人和俗人或俗人跟雅人一同在欣赏，那欣赏的大概不会还是"奇文"罢。这句成语不知道起于什么时代，从语气看来，似乎雅人多少得理会到甚至迁就着俗人的样子，这大概是在宋朝或者更后罢。

原来唐朝的安史之乱可以说是我们社会变迁的一条分水岭。在这之后，门第迅速的垮了台，社会的等级不像先前那样固定了，"士"和"民"这两个等级的分界不像先前的严格和清楚了，彼此的分子在流通着，上下着。而上去的比下来的多，士人流落民间的究竟少，老百姓加入士流的却渐渐多起来。王侯将相早就没有种了，读书人到了这时候也没有种了；只要家里能够勉强供给一些，自己有些天分，又肯用功，就是个"读书种子"；去参加那些公开的考试，考中了就有官做，至少也落个绅士。这种进展经过唐末跟五代的长期的变乱加了速度，到宋朝又加上印刷术的发达，学校多起来了，士人也多起来了，士人的地位加强，责任也加重了。这些士人多数是来自民间的新的分子，他们多少保留着民间的生活方式和生活态度。他们一面学习和享受那些雅的，一面却还不能摆脱或蜕变那些俗的。人既然很多，大家是这样，也就不觉其寒尘；不但不觉其寒尘，还要重新估定价值，至少也得调整那旧来的标准与尺度。"雅俗共赏"似乎就是新提出的尺度或标准，这里并非打倒旧标准，只是要求那些雅士理会到或迁就些俗士的趣味，好让大家打成一片。当然，所谓"提出"和"要求"，都只是不自觉的看来是自然而然的趋势。

中唐的时期，比安史之乱还早些，禅宗的和尚就开始用口语记录大师的说教。用口语为的是求真与化俗，化俗就是争取群众。安史乱后，和尚的口语记录更其流行，于是乎有了"语录"这个名称，"语录"就成为一种著述体了。到了宋朝，道学家讲学，更广泛的留下了许多语录；他们用语录，也还是为了求真与化俗，还是为了争取群众。所谓求真的"真"，一面是如实和直接的意思。禅家认为第一义是不可说的。语言文字都不能表达那无限的可能，所以是虚妄的。然而实际上语言文字究竟是不免要用的一种"方便"，记录文字自然越近实际的、直接的说话越好。在另一面这"真"又是自然的意思，自然才亲切，才让人容易懂，也就是更能收到化俗的功效，更能获得广大的群众。道学主要的是中国的正统的思想，道学家用了语录做工具，大大的增强了这种新的文体的地位，语录就成为一种传统了。比语录体稍稍晚些，还出现了一种宋朝叫做"笔记"的东西。这种作品记述有趣味的杂事，范围很宽，一方面发表作者自己的意见，所谓议论，也就是批评，这些批评往往也很有趣味。作者写这种书，只当做对客闲谈，并非一本正经，虽然以文言为主，可是很接近说话。这也是给大家看的，看了可以当做"谈助"，增加趣味。宋朝的笔记最发达，当时盛行，流传下来的也很多。目录家将这种笔记归在"小说"项下，近代书店汇印这些笔记，更直题为"笔记小说"；中国古代所谓"小说"，原是指记述杂事的趣味作品而言的。

那里我们得特别提到唐朝的"传奇"。"传奇"据说可以见出作者的"史才、诗笔、议论"，是唐朝士子在投考进士以前用来送给一些大人先生看，介绍自己，求他们给自己宣传的。其中不外乎灵怪、艳情、剑侠三类故事，显然是以供给"谈助"，引起趣味为主。无论照传统的意念，或现代的意念，这些"传奇"无疑的是小说，一方面也和笔记的写作态度有相类之处。照陈寅恪先生的意见，这种"传奇"大概起于民间，文士是仿作，文字里多口语化的地方。陈先生并且说唐朝的古文运动就是从这儿开始。他指出古文运动的领导者韩愈的《毛颖传》，正是仿"传奇"而作。我们看韩愈的"气盛言宜"的理论和他的参差错落的文句，也正是多多少少在口语化。他的门下的"好难"、"好易"两派，似乎原来也都是在试验如何口语化。可是"好难"的一派过分强调了自己，过分想出奇制胜，不管一般人能够了解欣赏与否，终于被人看做"诡"和"怪"而失败，于是宋朝的欧阳修继承了"好易"的一派的努力而奠定了古文的基础。——以上说的种种，都是安史乱后几百年间自然的趋势，就是那雅俗共赏的趋势。

宋朝不但古文走上了"雅俗共赏"的路，诗也走向这条路。胡适之先生说宋诗的好处就在"做诗如说话"，一语破的指出了这条路。自然，这条路上还有许多曲折，但是就像不好懂的黄山谷，他也提出了"以俗为雅"的主张，并且点化了许多俗语成为诗句。实践上"以俗为雅"，并不从他开始，梅圣俞、苏东坡都是好手，而苏东坡更胜。据记载梅和苏都说过"以俗为雅"这句话，可是不大靠得住；黄山谷却在《再次杨明叔韵》一诗的"引"里郑重的提出"以俗为雅，以故为新"，说是"举一纲而张万目"。他将"以俗为雅"放在第一，因为这实在可以说是宋诗的一般作风，也正是"雅俗共赏"的路。但是加上"以故为新"，路就曲折起来，那是雅人自赏，黄山谷所以终于不好懂了。

不过黄山谷虽然不好懂，宋诗却终于回到了"做诗如说话"的路，这"如说话"，的确是条大路。

雅化的诗还不得不回向俗化，刚刚来自民间的词，在当时不用说自然是"雅俗共赏"的。别瞧黄山谷的有些诗不好懂，他的一些小词可够俗的。柳耆卿更是个通俗的词人。词后来虽然渐渐雅化或文人化，可是始终不能雅到诗的地位，它怎么着也只是"诗馀"。词变为曲，不是在文人手里变，是在民间变的；曲又变得比词俗，虽然也经过雅化或文人化，可是还雅不到词的地位，它只是"词馀"。一方面从晚唐和尚的俗讲演变出来的宋朝的"说话"就是说书，乃至后来的平话以及章回小说，还有宋朝的杂剧和诸宫调等等转变成功的元朝的杂剧和戏文，乃至后来的传奇，以及皮簧戏，更多半是些"不登大雅"的"俗文学"。这些除元杂剧和后来的传奇也算是"词馀"以外，在过去的文学传统里简直没有地位；也就是说这些小说和戏剧在过去的文学传统里多半没有地位，有些有点地位，也不是正经地位。可是虽然俗，大体上却"俗不伤雅"，虽然没有什么地位，却总是"雅俗共赏"的玩艺儿。

"雅俗共赏"是以雅为主的，从宋人的"以俗为雅"以及常语的"俗不伤雅"，更可见出这种宾主之分。起初成群俗士蜂拥而上，固然逼得原来的雅士不得不理会到甚至迁就着他们的趣味，可是这些俗士需要摆脱的更多。他们在学习，在享受，也在蜕变，这样渐渐适应那雅化的传统，于是乎新旧打成一片，传统多多少少变了质继续下去。前面说过的文体和诗风的种种改变，就是新旧双方调整的过程，结果迁就的渐渐不觉其为迁就，学习的也渐渐习惯成了自然，传统的确稍稍变了质，但是还是文言或雅言为主，就算跟民众近了一些，近得也不太多。

至于词曲，算是新起于俗间，实在以音乐为重，文辞原是无关轻重的；"雅俗共赏"，正是那音乐的作用。后来雅士们也曾分别将那些文辞雅化，但是因为音乐性太重，使他们不能完成那种雅化，所以词曲终于不能达到诗的地位。而曲一直配合着音乐，雅化更难，地位也就更低，还低于词一等。可是词曲到了雅化的时期，那"共赏"的人却就雅多而俗少了。真正"雅俗共赏"的是唐、五代、北宋的词，元朝的散曲和杂剧，还有平话和章回小说以及皮簧戏等。皮簧戏也是音乐为主，大家直到现在都还在哼着那些粗俗的戏词，所以雅化难以下手，虽然一二十年来这雅化也已经试着在开始。平话和章回小说，传统里本来没有，雅化没有合式的榜样，进行就不易。《三国演义》虽然用了文言，却是俗化的文言，接近口语的文言，后来的《水浒》《西游记》《红楼梦》等就都用白话了。不能完全雅化的作品在雅化的传统里不能有地位，至少不能有正经的地位。雅化程度的深线，决定这种地位的高低或有没有，一方面也决定"雅俗共赏"的范围的小和大——雅化越深，"共赏"的人越少，越浅也就越多。所谓多少，主要的是俗人，是小市民和受教育的农家子弟。在传统里没有地位或只有低地位的作品，只算是玩艺儿；然而这些才接近民众，接近民众却还能教"雅俗共赏"，雅和俗究竟有共通的地方，不是不相理会的两橛了。

单就玩艺儿而论，"雅俗共赏"虽然是以雅化的标准为主，"共赏"者却以俗人为主。固然，这在雅方得降低一些，在俗方也得提高一些，要"俗不伤雅"才成；雅方看来太俗，以至于"俗不可耐"的，是不能"共赏"的。但是在什么条件之下才会让俗人所"赏"的，雅人也能来"共赏"呢？我们想起了"有目共赏"这句话。孟子说过"不知子都之姣者，无目者也"，"有目"是反过来说，"共赏"还是陶诗"共欣赏"的意思。子都的美貌，有眼睛的都容易辨别，自然也就能"共赏"了。孟子接着说："口之于味也，有同嗜焉；耳之于声也，有同听焉；目之于色也，有同美焉。"这说的是人之常情，也就是所谓人情不相远。但是这不相远似乎只限于一些具体的、常识的、现实的事物和趣味。譬如北平罢，故宫和颐和园，包括建筑，风景和陈列的工艺品，似乎是"雅俗

共赏"的，天桥在雅人的眼中似乎就有些太俗了。说到文章，俗人所能
"赏"的也只是常识的，现实的。后汉的王充出身是俗人，他多多少少
代表俗人说话，反对难懂而不切实用的辞赋，却赞美公文能手。公文这
东西关系雅俗的现实利益，始终是不曾完全雅化了的。再说后来的小说
和戏剧，有的雅人说《西厢记》诲淫，《水浒传》诲盗，这是"高论"。
实际上这一部戏剧和这一部小说都是"雅俗共赏"的作品。《西厢记》
无视了传统的礼教，《水浒传》无视了传统的忠德，然而"男女"是"人
之大欲"之一，"官逼民反"，也是人之常情，梁山泊的英雄正是被压
迫的人民所想望的。俗人固然同情这些，一部分的雅人，跟俗人相距还
不太远的，也未尝不高兴这两部书说出了他们想说而不敢说的。这可以
说是一种快感，一种趣味，可并不是低级趣味；这是有关系的，也未尝
不是有节制的。"诲淫""诲盗"只是代表统治者的利益的说话。

　　十九世纪二十世纪之交是个新时代，新时代给我们带来了新文化，
产生了我们的知识阶级。这知识阶级跟从前的读书人不大一样，包括了
更多的从民间来的分子，他们渐渐跟统治者拆伙而走向民间。于是乎有
了白话正宗的新文学，词曲和小说戏剧都有了正经的地位。还有种种欧
化的新艺术。这种文学和艺术却并不能让小市民来"共赏"，不用说农
工大众。于是乎有人指出这是新绅士也就是新雅人的欧化，不管一般人
能够了解欣赏与否。他们提倡"大众语"运动。但是时机还没有成熟，
结果不显著。抗战以来又有"通俗化"运动，这个运动并已经在开始转
向大众化。"通俗化"还分别雅俗，还是"雅俗共赏"的路，大众化却
更进一步要达到那没有雅俗之分，只有"共赏"的局面。这大概也会是
所谓由量变到质变罢。

天目山中笔记

文 / 徐志摩

佛于大众中　说我尝作佛　闻如是法音　疑悔悉已除

初闻佛所说　心中大惊疑　将非魔作佛　恼乱我心耶

——莲华经譬喻品

山中不定是清静。庙宇在参天的大木中间藏着，早晚间有的是风，松有松声，竹有竹韵，鸣的禽，叫的虫子，阁上的大钟，殿上的木鱼，庙身的左边右边都安着接泉水的粗毛竹管，这就是天然的笙箫，时缓时急的参和着天空地上种种的鸣籁。静是不静的；但山中的声响，不论是泥土里的蚯蚓叫或是桥夫们深夜里"唱宝"的异调，自有一种各别处：它来得纯粹，来得清亮，来得透彻，冰水似的沁入你的脾肺；正如你在泉水里洗濯过后觉得清白些，这些山籁，虽则一样是音响，也分明有洗净的功能。

夜间这些清籁摇着你入梦，清早上你也从这些清籁的怀抱中苏醒。

山居是福，山上有楼住更是修得来的。我们的楼窗开处是一片蓊葱的林海，林海外更有云海！日的光，月的光，星的光：全是你的。从这三尺方的窗户你接受自然的变幻；从这三尺方的窗户你散放你情感的变幻。自在；满足。

今早梦回时睁眼见满帐的霞光。鸟雀们在赞美；我也加入一份。它们的是清越的歌唱，我的是潜深一度的沉默。

钟楼中飞下一声宏钟，空山在音波的磅礴中震荡。这一声钟激起了我的思潮。不，潮字太夸；说思流吧。耶教人说阿门，印度教人说"欧姆"（O——m），与这钟声的嗡嗡，同是从撮口外摄到阖口内包的一个无限的波动：分明是外扩，却又是内潜；一切在它的周缘，却又在它的中心：同时是皮又是核，是轴亦复是廓。"这伟大奥妙的"（Om）使人感到动，又感到静；从静中见动，又从动中见静。从安住到飞翔，又从飞翔回复安住；从实在境界超入妙空，又从妙空化生实在："闻佛柔软音，深远甚微妙。"

多奇异的力量！多奥妙的启示！包容一切冲突性的现象，扩大刹那间的视域，这单纯的音响，于我是一种智灵的洗净。花开，花落，天外的流星与田畦间的飞黄，上缩云天的青松，下临绝海的巉岩，男女的爱，珠宝的光，火山的熔液：一婴儿在它的摇篮中安眠。

这山上的钟声是昼夜不间歇的，平均五分钟时一次。打钟的和尚独自在钟头上住着，据说他已经不间歇的打了十一年钟，他的愿心是打到他不能动弹的那天。钟楼上供着菩萨，打钟人在大钟的一边安着他的"座"，他每晚是坐着安神的，一只手挽着钟槌的一头，从长期的习惯，不叫睡眠耽误他的职司。"这和尚，"我自忖，"一定是有道理的！和尚是没道理的多：方才那知客僧想把七窍蒙充六根，怎么算总多了一个鼻孔或是耳孔；那方丈师的谈吐里不少某督军与某省长的点缀；那管半山亭的和尚更是贪嗔的化身，无端摔破了两个无辜的茶碗。但这打钟和尚，他一定不是庸流不能不去看看！"他的年岁在五十开外，出家有二十九年，这钟楼，不错，是他管的，这钟是他打的（说着他就过去撞了一下），他每晚，也不错，是坐着安神的，但此外，可怜，我的俗眼竟看不出什么异样。他拂拭着神龛，神坐，拜垫，换上香烛掇一盂水，洗一把青菜，捻一把米，擦干了手接受香客的布施，又转身去撞一声钟。他脸上看不出修行的清癯，却没有失眠的倦态，倒是满满的不时有笑容的展露；念什么经；不，就念阿弥陀佛，他竟许是不认识字的。"那一带是什么山，叫什么，和尚？"

"这里是天目山。"他说。"我知道，我说的是哪一带的，"我手点着问。"我不知道。"他回答。

山上另有一个和尚，他住在更上去昭明太子读书台的旧址，盖着几间屋，供着佛像，也归庙管的。叫作茅棚，但这不比得普陀山上的真茅棚，那看了怕人的，坐着或是偎着修行的和尚没一个不是鹄形鸠面，鬼似的东西。他们不开口的多，你爱布施什么就放在他跟前的篓子或是盘子里，他们怎么也不睁眼，不出声，随你给的是金条或是铁条。人说得更奇了。有的半年没有吃过东西，不曾挪过窝，可还是没有死，就这冥冥的坐着。他们大约离成佛不远了，单看他们的脸色，就比石片泥土不差什么，一样这黑刺刺，死僵僵的。

"内中有几个，"香客们说，"已经成了活佛，我们的祖母早三十年来就看见他们这样坐着的！"

但天目山的茅棚以及茅棚里的和尚，却没有那样的浪漫出奇。茅棚是尽够蔽风雨的屋子，修道的也是活鲜鲜的人，虽则他并不因此减却他给我们的趣味。他是一个高身材、黑面目，行动迟缓的中年人；他出家将近十年，三年前坐过禅关，现在这山上茅棚里来修行；他在俗家时是个商人，家中有父母兄弟姊妹，也许还有自身的妻子；他不曾明说他中年出家的缘由。他只说"俗业太重了，还是出家从佛的好。"但从他沉着的语音与持重的神态中可以觉出他不仅是曾经在人事上受过磨折，并且是在思想上能分清黑白的人。他的口，他的眼，都泄露着他内里强自抑制，魔与佛交斗的痕迹；说他是放过火杀过人的忏悔者，可信；说他是个回头的浪子，也可言。他不比那钟楼上人的不着颜色，不露曲折：他分明是色的世界里逃来的一个囚犯。三年的禅关，三年的草棚，还不曾压倒，不曾灭净，他肉身的烈火。"俗业太重了，不如出家从佛的好。"这话里岂非战栗着一往忏悔的深心？我觉着好奇：我怎么能得知他深夜趺坐时意念的究竟？

佛于大众中　说我尝作佛　闻如是法音　疑悔悉已除
初闻佛所说　心中大惊疑　将非魔所说　恼乱我心耶

　　但这也许看太奥了。我们承受西洋人生观洗礼的，容易把做人看太积极，入世的要求太猛烈，太不肯退让，把住这热虎虎的一个身子一个心放进生活的轧床去，不叫他留存半点汁水回去；非到山穷水尽的时候，决不肯认输，退后，收下旗帜；并且即使承认了绝望的表示，他往往直接向生存本体的取决，不来半不阑珊的收回了步子向后退：宁可自杀，干脆的生命的断绝，不来出家，那是生命的否认。不错，西洋人也有出家做和尚做尼姑的，例如亚佩腊与爱洛绮丝但在他们是情感方面的转变，原来对人的爱移作对上帝的爱，这知感的自体与它的活动依旧不含糊的在着；在东方人，这出家是求情感的消灭，皈依佛法或道法，目的在自我一切痕迹的解脱。再说，这出家或出世的观念的老家，是印度不是中国，是跟着佛教来的；印度可以会发生这类思想，学者们自有种种哲理上乃至物理上的解释，也尽有趣味的。中国何以能容留这类思想，并且在实际上出家做尼僧的今天不比以前少（我新近一个朋友差一点做了小和尚）！这问题正值得研究，因为这分明不仅仅是个知识乃至意识的浅深问题，也许这情形尽有极有趣味的解释的可能，我见闻浅，不知道我们的学者怎样想法，我愿意领教。

古 刹

——姑苏游痕之一

文／王统照

离开沧浪亭，穿过几条小街，我的皮鞋踏在小圆石子碎砌的铺道上总觉得不适意；苏州城内只宜于穿软底鞋或草履，硬邦邦地鞋底踏上去不但脚趾生痛，而且也感到心理上的不调和。

阴沉沉的天气又像要落雨。沧浪亭外的弯腰垂柳与别的杂树交织成一层浓绿色的柔幕，已仿佛到了盛夏。可是水池中的小荷叶还没露面。石桥上有几个坐谈的黄包车夫并不忙于找顾客，萧闲地数着水上的游鱼。一路走去我念念不忘《浮生六记》里沈三白夫妇夜深偷游此亭的风味，对于曾在这儿做"名山"文章的苏子美反而澹然。现在这幽静的园亭到深夜是不许人去了，里面有一所美术专门学校。固然荒园利用，而使这名胜地与"美术"两字牵合在一起也可使游人有一点点淡漠的好感，然而苏州不少大园子一定找到这儿设学校；各室里高悬着整整齐齐的画片，摄影，手工作品，出出进进的是穿制服的学生，即使不煞风景，而游人可也不能随意留连。

在这残春时，那土山的亭子旁边，一树碧桃还缀着淡红的繁英，花瓣静静地贴在泥苔湿润的土石上。园子太空阔了，外来的游客极少。在另一院落中两株山茶花快落尽了，婉转的鸟音从叶子中间送出来，我离

开时回望了几次。

陶君导引我到了城东南角上的孔庙，从颓垣的入口处走进去。绿树丛中我们只遇见一个担粪便桶的挑夫。庙外是一大个毁坏的园子，地上满种着青菜，一条小路逶迤地通到庙门首，这真是"荒墟"了。

石碑半卧在剥落了颜色的红墙根下，大字深刻的甚么训戒话也满长了苔藓。进去，不像森林，也不像花园，滋生的碧草与这城里少见的柏树，一道石桥得当心脚步！又一重门，是直走向大成殿的，关起来，我们便从旁边先贤祠，名宦祠的侧门穿过。破门上贴着一张告示，意思是崇奉孔子圣地，不得到此损毁东西，与禁止看守的庙役赁与杂人住居等话（记不清了，大意如此）。披着杂草、树枝，又进一重门，到了两庑，木栅栏都没了，空洞的廊下只有鸟粪、土藓。正殿上的朱门半阖，我刚刚迈进一只脚，一股臭味闷住呼吸，后面的陶君急急地道：

"不要进去，里面的蝙蝠太多了，气味难闻得很！"

果然，一阵啪啪的飞声，梁栋上有许多小灰色动物在阴暗中自营生活。木龛里，"至圣先师"的神位孤独地在大殿正中享受这霉湿的气息。好大的殿堂，此外一无所有。石阶上，蚂蚁、小虫在鸟粪堆中跑来跑去，细草由砖缝中向上生长，两行古柏苍干皴皮，沉默地对立。

立在圮颓的庑下，想象多少年来，每逢丁祭的时日，跻跻跄跄，拜跪，鞠躬，老少先生们都戴上一份严重的面具。听着仿古音乐的奏弄，宗教仪式的宰牲，和血，燃起干枝"庭燎"。他们总想由这点崇敬，由这点祈求：国泰，民安。……至于士大夫幻梦的追逐，香烟中似开着"朱紫贵"的花朵。虽然土，草，木，石的简单音响仿佛真的是"金声，玉振"。也许因此他们会有一点点"前不见古人后不见来者"的想法？但现在呢？不管怎样在倡导尊孔，读经，只就这偌大古旧的城圈中"至圣先师"的庙殿看来，荒烟，蔓草，真变作"空山古刹"。偶来的游人对于这阔大而荒凉破败的建筑物有何感动？

何况所谓苏州向来是士大夫的出产地：明末的党社人物，与清代的状元、宰相，固有多少不同，然而属于尊孔读经的主流却是一样，现在呢？……仕宦阶级与田主身份同做了时代的没落者？

所以巍峨的孔庙变成了"空山古刹"并不稀奇，你任管到哪个城中看看，差不了多少。

虽然尊孔，读经，还在口舌中，文字上叫得响亮，写得分明。

我们从西面又转到甚么范公祠，白公祠，那些没了门扇缺了窗棂的矮屋子旁边，看见几个工人正在葺补塌落的外垣。这不是大规模科学化的建造摩天楼，小孩子慢步挑着砖、灰，年老人吸着旱烟筒，那态度与工作的疏散，正与剥落得不像红色的泥污墙的颜色相调合。

我们在大门外的草丛中立了一会儿，很悦耳的也还有几声鸟鸣，微微丝雨洒到身上，颇感到春寒的料峭。

雨中，我们离开了这所"古刹"。

爱是对的，也是错

文 / 尹宗国

"红酥手，黄藤酒，满城春色宫墙柳。东风恶，欢情薄，一怀愁绪，几年离索。错，错，错！春如旧，人空瘦，泪痕红浥鲛绡透。桃花落，闲池阁，山盟虽在，锦书难托。莫，莫，莫！"

这首题为《钗头凤》的词作，是南宋著名诗人陆游题在沈园墙壁上的名篇，是一篇风流千古的佳作，但它描述的却是一个酸楚的爱情悲剧。据野史载，陆游约在 20 岁时，与表妹唐婉结为夫妇，陆游才华超逸，名动当世；唐婉禀性贤淑，也有生花之笔，二人伉俪相得，堪称天生佳偶。但令人遗憾的是，陆游的母亲唐氏却偏偏不喜欢这个才女儿媳，时间不长，她就逼迫儿子休掉唐婉。陆游觉得没有正当理由休妻，但又不敢违抗母命，只得极不情愿地办了"离婚手续"。然而，陆游实在难以离开唐婉，便不动声色地来了个"金屋藏娇"，悄悄弄了一所别宅让唐婉居住，暗中不时与其幽会。可惜他们的私情不久便被陆母知晓，于是老人家亲自到这所别宅查究，幸亏陆游及时防范，才没酿成乱子。但陆游也知道，他们的这段缘分已到尽头，不得已只好与之挥泪诀别。南宋高宗绍兴十七年（1147），23 岁的陆游与一名王姓女子再婚，唐婉则嫁给了当地一家大户子弟，从此"山盟虽在，锦书难托"，两人只有空怀一腔思念了。

想不到十年之后，陆游因遭秦桧黜落，回到家乡闲居，就在暮春的一天，这对分飞的鸳鸯竟又凑巧在沈园重逢。唐婉派人送来了可口的酒肴，陆游却难以下咽，怅然之下他将心中的感慨书之于壁，于是就有了这首《钗头凤》。

唐婉见了题诗，更增离情别恨，旧欢新怨，纷至沓来，她那悲愤的思绪再也难以平静，遂照陆游的词牌也和了一首：

"世情薄，人情恶，雨送黄昏花易落。晓风干，泪痕残，欲笺心事，独语斜栏。难，难，难！人成各，今非昨，病魂常似秋千索。角声寒，夜阑珊，怕人寻问，咽泪装欢。瞒，瞒，瞒！"

唐婉搁笔以后，随即卧床不起，不久便怀着无尽的思念和愤懑撒手人寰。后来，二人的这段故事被人写成《沈园恨》《题园壁》等戏曲到处传唱，令人唏嘘感叹，千古同悲。

陆唐二人情投意和，唐婉又为陆母侄女，她老人家为何一定要棒打鸳鸯呢？近日，闲读宋人刘克庄的《后村诗话续集》，其中所言原因颇令人郁闷。原来，陆游的父母对其督教甚严，满心希望他能够为官而不是成为什么诗人。然而，唐婉是个才貌俱佳、通晓诗词的才女，她能毫无障碍地与陆游诗词唱和，营造温馨愉悦的伉俪乐趣，但却不免多少影响陆游的学习。从陆游同何元立"赏荷怀镜湖诗"看得出，新婚后的他年少贪酒，泛舟看花，只图欢乐，写了不少不痛不痒的闲诗，严重影响了钻研经学。似这般不求上进，作为妻子的唐婉自然是有责任的，可想而知，此时的陆游越是爱诗，越是同妻子玩得开心，就越不能为双亲所容。他们为了儿子的前程着想，决不能容忍陆游每天贪恋娇妻，一定要让陆游尽快回到科举之路上来。于是，由陆母出面，迁怒于这个"不识时务"的儿媳，一场爱情悲剧就势不可免地发生了。

其实，唐婉生为才女本无罪，二人夫妻恩爱亦无辜，而在陆游父母的仕宦情结下，虽然有些督教过严甚至逼儿休妻，总是爱子之心望子成龙吧，也是无奈之下情理之中。可是，一份多么美丽而甜蜜的爱情，竟然成为毒死美满婚姻的毒药。似乎不能把责任完全推在唐婉身上，说她如果不那么爱恋丈夫而与之纵情诗词，陆游会专心学业力求闻达，他们也就不会劳燕分飞了。那么，罪魁祸首是什么呢？或许只因爱的出发点不同吧。并且在这里两者竟然成了矛盾，所以，再完美的姻缘也只能作牺牲品了。而遗憾的是，唐婉的离去并没有使陆游长进多少，他在后来虽也涉足仕途，但并未做出父母所期望的辉煌业绩，只不过多了份晚年感到愧对前妻的感慨，多了些悱恻动人的怀旧之作而已。

治国学杂话

文 / 梁启超

学生做课外学问是最必要的，若只求讲堂上功课及格，便算完事，那么，你进学校，只是求文凭，并不是求学问，你的人格，先已不可问了。再者，此类人一定没有"自发"的能力，不特不能成为一个学者，亦断不能成为社会上治事领袖人才。

课外学问，自然不专指读书，如试验，如观察自然界……都是极好的，但读课外书，至少要算课外学问的主要部分。

一个人总要养成读书兴味。打算做专门学者，固然要如此，打算做事业家，也要如此。因为我们在工厂里、在公司里、在议院里……做完一天的工作出来之后，随时立刻可以得着愉快的伴侣，莫过于书籍，莫便于书籍。

但是将来这种愉快得着得不着，大概是在学校时代已经决定，因为必须养成读书习惯，才能尝着读书趣味。人生一世的习惯，出了学校门限，已经铁铸成了，所以在学校中，不读课外书，以养成自己自动的读书习惯，这个人，简直是自己剥夺自己终身的幸福。

读书自然不限于读中国书，但中国人对于中国书，至少也该和外国书作平等待遇。你这样待遇他，给回你的愉快报酬，最少也和读外国书所得的有同等分量。

中国书没有整理过，十分难读，这是人人公认的，但会做学问的人，觉得趣味就在这一点。吃现成饭，是最没有意思的事，是最没有出息的人才喜欢的。一个问题，被别人做完了四平八正的编成教科书样子给我读，读去自然是毫不费力，但是从这不费力上头结果，便令我的心思不细致不刻入。专门喜欢读这类书的人，久而久之，会把自己创作的才能湮没哩。在纽约、芝加哥笔直的马路崭新的洋房里舒舒服服混一世，这个人一定是过的毫无意味的平庸生活。若要过有意味的生活，须是哥伦布初到美洲时。

中国学问界，是千年未开的矿穴，矿苗异常丰富，但非我们亲自绞脑筋绞汗水，却开不出来。翻过来看，只要你绞一分脑筋一分汗水，当然还你一分成绩，所以有趣。

所谓中国学问界的矿苗，当然不专指书籍，自然界和社论实况，都是极重要的，但书籍为保存过去原料之一种宝库，且可为现在各实测方面之引线，就这点看来，我们对于书籍之浩瀚，应该欢喜他，不应该厌恶他。因为我们的事业比方要开工厂，原料的供给，自然是越丰富越好。

读中国书，自然像披沙拣金，沙多金少，但我们若把他作原料看待，有时寻常人认为极无用的书籍和语句，也许有大功用。须知工厂种类多着呢，一个厂里头得有许多副产物哩，何止金有用，沙也有用。

若问读书方法，我想向诸君上一个条陈。这方法是极陈旧的，极笨极麻烦的，然而实在是极必要的。什么方法呢？是钞录或笔记。

我们读一部名著，看见他征引那么繁博，分析那么细密，动辄伸着舌头说道："这个人不知有多大记忆力，记得许多东西，这是他的特别天才，我们不能学步了。"其实哪里有这回事。好记性的人不见得便有智慧，有智慧的人比较的倒是记性不甚好。你所看见者是他发表出来的成果，不知他这成果原是从铢积寸累困知勉行得来。大抵凡一个大学者平日用功总是有无数小册子或单纸片，读书看见一段资料觉其有用者即刻钞下（短的钞全文，长的摘要记书名卷数页数）。资料渐渐积得丰富，再用眼光来整理分析他，便成为一篇名著。想看这种痕迹，读赵瓯北的《二十二史札记》、陈兰甫的《东塾读书记》最容易看出来。

这种工作笨是笨极了，苦是苦极了，但真正做学问的人总离不了这条路。做动植物的人懒得采集标本，说他会有新发明，天下怕没有这种便宜事。

发明的最初动机在注意，钞书便是促醒注意及继续保存注意的最好方法。当读一书时，忽然感觉这一段资料可注意，把他钞下，这件资料自然有一微微的印象印入脑中，和滑眼看过不同。经过这一番后，过些时碰着第二个资料和这个有关系的，又把他钞下。那注意便加浓一度。经过几次之后，每翻一书，遇有这项资料，便活跳在纸上，不必劳神费力去找了。这是我多年经验得来的实况。诸君试拿一年工夫去试试，当知我不说谎。

先辈每教人不可轻言著述，因为未成熟的见解公布出来，会自误误人，这原是不错的，但青年学生"斐然当述作之誉"，也是实际上鞭策学问的一种妙用。譬如同是读《文献通考》的《钱币考》，各史《食货志》中钱币项下各文，泛泛读去，没有什么所得，倘若你一面读一面便打主意做一篇中国货币沿革考，这篇考做得好不好另一问题，你所读的自然加几倍受用。

譬如同读一部《荀子》，某甲泛泛读去，某乙一面读一面打主意做部《荀子学案》，读过之后，两个人的印象深浅，自然不同。所以我很奖励青年好著书的习惯，至于所著的书，拿不拿给人看，什么时候才认成功，这还不是你的自由吗？

每日所读之书，最好分两类，一类是精熟的，一类是涉览的。因为我们一面要养成读书心细的习惯，一面要养成读书眼快的习惯。心不细则毫无所得，等于白读；眼不快则时候不够用，不能博搜资料。诸经、

诸子、四史、通鉴等书，宜入精读之部，每日指定某时刻读他，读时一字不放过，读完一部才读别部，想钞录的随读随钞；另外指出一时刻，随意涉览，觉得有趣，注意细看，觉得无趣，便翻次页，遇有想钞录的，也俟读完再钞，当时勿窒其机。

诸君勿因初读中国书，勤劳大而结果少，便生退悔。因为我们读书，并不是想专向现时所读这一本书里讨现钱现货的，得多少报酬，最要紧的是涵养成好读书的习惯，和磨炼出好记忆的脑力。青年期所读各书，不外借来做答这两个目的的梯子。我所说的前提倘若不错，则读外国书和读中国书当然都各有益处。外国名著，组织得好，易引起兴味，他的研究方法，整整齐齐摆出来，可以做我们模范，这是好处；我们滑眼读去，容易变成享现成福的少爷们，不知甘苦来历，这是坏处。中国书未经整理，一读便是一个闷头棍，每每打断兴味，这是坏处；逼着你披荆斩棘，寻路来走，或者走许多冤枉路（只要走路断无冤枉，走错了回头，便是绝好教训），从甘苦阅历中磨炼出智慧，得苦尽甘来的趣味，那智慧和趣味都最真切，这是好处。

还有一件，我在前项书目表中有好几处写"希望熟读成诵"字样，我想诸君或者以为甚难，也许反对说我顽旧，但我有我的意思。我并不是奖劝人勉强记忆，我所希望熟读成诵的有两种类：一种类是最有价值的文学作品，一种类是有益身心的格言。好文学是涵养情趣的工具，做一个民族的分子，总须对于本民族的好文学十分领略，能熟读成诵，才在我们的"下意识"里头，得着根柢，不知不觉会"发酵"。有益身心的圣哲格言，一部分久已在我们全社会上形成共同意识，我既做这社会的分子，总要彻底了解他，才不至和共同意识生隔阂，一方面我们应事接物时候，常常仗他给我们的光明，要平日摩得熟，临时才得着用，我所以有些书希望熟读成诵者在此，但亦不过一种格外希望而已，并不谓非如此不可。

任你学成一位天字第一号形神毕肖的美国学者，只怕于中国文化没有多少影响。若这样便有影响，我们把美国蓝眼睛的大博士抬一百几十位来便够了，又何必诸君呢？诸君须要牢牢记着你不是美国学生，是中国留学生。如何才配叫作中国留学生，请你自己打主意罢。

画 虎

文 / 朱湘

　　"画虎不成反类狗，刻鹄不成终类鹜"，自从这两句话一说出口，中国人便一天没有出息似一天了。

　　这两句话为后人奉作至宝。单就文学方面来讲，一班胆小如鼠的老前辈便是这样警劝后生：学老杜罢，学老杜罢，千万不要学李太白。因为老杜学不成，你至少还有个架子；学不成李的时候，你简直一无所有了。这学的风气一盛，李杜便从此不再出现于中国诗坛之上了。所有的只是一些杜的架子或一些李的架子。试问这些行尸走肉的架子，这些骷髅，它们有什么用？光天化日之下，与其让这些怪物来显形，倒不如一无所有反而好些。因为人真知道了无，才能创造有；拥着伪有的时候，决无创造真有之望。

　　狗，鹜。鹜真强似狗吗？试问它们两个当中，是谁怕谁？是狗怕鹜呢，还是鹜怕狗？是谁更聪明，能够永远警醒，无论小偷的脚步多么轻，它都能立刻扬起愤怒之呼声将鄙贱惊退？

　　画不成的老虎，真像狗，刻不成的鸿鹄，是像鹜吗？不然，不然。成功了便是虎同鹄，不成功时便都是怪物。

　　成功又分两种：一种是画匠的成功，一种是画家的成功。画匠只能模拟虎与鹄的形色，求到一个象罢了。画家他深深入创形的秘密，发现这形后面有一个什么神，发号施令，在陆地则赋形为劲悍的肢体、巨丽的皮革，在天空则赋形为剽疾的翻翼、润泽的羽毛；他然后以形与色为血肉毛骨，纳入那神，抟成他自己的虎鹄。

拿物质文明来比方：研究人类科学的人如若只能亦步亦趋，最多也不过贩进一些西洋的政治学、经济学，既不合时宜，又常多短缺。实用物质科学的人如若只知萧规曹随，最多也不过摹成一些欧式的工厂商店，重演出惨剧，肥寡不肥众。日本便是这样，它古代摹拟到一点中国的文化，有了它的文字、美术；近代摹拟到一点西方的文化，有了它的社会实业：它只是国家中的画匠。我们这有几千年特质文化的国家不该如此。我们应该贯注物质文明的内心，搜出各根柢原理，观察它们是怎样配合的，怎样变化的。再追求这些原理之中有哪些应当铲除，此外还有些什么原理应当加入，然后淘汰扩张，重新交配，重新演化，以造成东方的物质文化。

东方的画师呀！麒麟死了，狮子睡了，你还不应该拿起那支当时伏羲画八卦的笔来，在朝阳的丹凤声中，点了睛，让困在壁间的龙腾越上苍天吗？

难得糊涂

摘编 / 思文

聪明难，糊涂难，由聪明转入糊涂更难。放一着，退一步，当下心安，非图后来福报也。

——郑板桥

有一年，大才子郑板桥到山东莱州云峰山游玩，晚上在山脚下一个老者家中借宿。这个老者言谈举止高雅不凡。老者对郑板桥说自己叫糊涂老人。老者家中有一块非常大的砚台，砚台石质细腻，镂刻十分精美。郑板桥看后大大地赞赏了一番。

于是，老者便请郑板桥留下墨宝，并欲将郑板桥的墨宝请人刻在砚台背面。

郑板桥知道糊涂老人肯定不是一般的人，就题写了"难得糊涂"四个字，并盖上了自己的名章"康熙秀才雍正举人乾隆进士"。砚台大小跟方桌差不多，郑板桥题完字后，还剩很大一块空余。郑板桥就请老者也题写一段跋语。

老人没有推辞，随手写道："得美石难，得顽石尤难，由美石转入顽石更难。美于中，顽石外，藏野人之庐，不入富贵之门也。"写罢也盖了方印，印文是："院试第一，乡试第二，殿试第三。"

郑板桥看后，知道老人是一位情操高雅的退隐官员，顿时，心升敬仰。见砚台还有空隙，就又提笔补写了一段文字："聪明难，糊涂尤难，由聪明而转入糊涂更难。放一着，退一步，当下安心，非图后来报也。"

　　糊涂通常是形容人脑子不灵活，犯傻，分辨不了是非，或是不明事理，对事物的认识模糊或混乱。而"难得糊涂"里的"糊涂"却是一种气度，一种修养，一种生存智慧，一种屡经世事沧桑之后的成熟和从容。

生活中，谁能做到事事明白？即便做到了，其结果又将如何呢？人活一世，无论伤痛还是幸福，都会成为过去。将一切想得太明白，或许并不是一件好事。活太明白，很多到手的东西，也会失去；没有到手的东西，也难追逐到。所以，适当糊涂一点，也是福气。

适当的"糊涂"更多时候是一种机智应变。适当的"糊涂"不仅可以消除隔阂和矛盾，还可以化解不必要的冲突。

北宋的时候，有一天宋太祖赵匡胤在宫中大宴群臣，席间有两位大臣喝多了，借着酒性在宋太祖面前争起功来。后来两人越争越不服气，竟然在太祖面前相互对骂。其他出席宴会的大臣见状，纷纷奏请太祖将他们治罪。宋太祖却不动声色地说了句："他们都喝醉了。"派人把他们送回家去。

第二天，二人酒醒，想起了昨天的事情，吓得魂不附体，相邀到太祖面前请罪。宋太祖微笑着说："昨天朕也喝醉了，已记不清昨天的事了。"两位大臣明白，这是太祖对他们的包容和理解，心里感激万分。

宋太祖如果处罚他们，就会伤害君臣关系。因为他们是开国的元老重臣，功不可没，于情于理都说不过去；如果免于追究则又乱了规矩，又有失君子的威仪。所以，宋太祖巧妙地运用"糊涂"化解了这个难题。

与其事事咄咄逼人，倒不如偶尔"糊涂"一下。在很多事面前，适当装一下"糊涂"，事情可能就会出现转机，会出现大家都想要的结果。

而真正做到在世事面前都"糊涂"实在不易，因为这不仅需要有一定的修养，还需要有一定的雅量。"聪明难，糊涂尤难，由聪明而转入糊涂更难。放一着，退一步，当下安心，非图后来报也。""难得糊涂"，简简单单的4个字，包含的是一门生活的艺术，也是一种风度、一种胸襟、一种涵养。

春秋第一相管仲

摘编 / 伟名

    我国春秋末年的时候，周朝王室衰微，一些较大的诸侯国为了争夺权力相互攻打，齐国是其中实力较强的一个。

    齐襄公在位期间，统治阶级内部矛盾十分尖锐，齐襄公的兄弟和大臣为了避祸，都纷纷逃往国外。齐襄公的两个弟弟公子小白和公子纠也都出国寻找政治出路。公子纠的母亲是鲁国国君的女儿，拥护公子纠的大臣管仲便陪同公子纠来到鲁国，而公子小白则在大臣鲍叔牙的保护下躲到了莒国。

    齐襄公十二年齐国发生内乱，齐襄公被杀。这时逃亡在外的公子纠和公子小白都想趁此机会夺回君位。公子小白接到齐襄公被杀的消息后立即和鲍叔牙往回赶。当公子纠得知公子小白已经上路时，便派管仲带人埋伏在路边准备射杀小白，以扫除自己继位的障碍。

    不一会儿，管仲就看到公子小白飞马赶到此地。于是，管仲便搭弓引箭向公子小白射去。小白中箭后大叫一声倒在地上装死。管仲误以为小白已死，便匆忙赶回去向公子纠报告。

    其实小白只是肩臂上受了一点儿伤，并无生命危险。等管仲走后，小白与鲍叔牙快马加鞭赶回齐国，顺利地当上了齐国的国君，即齐桓公。

    管仲与公子纠得知公子小白当上齐国国君后便求得鲁国帮助攻打齐

国，想要夺回王位。交战中鲁国大败，公子纠被杀，管仲被装入囚车送回齐国。鲍叔牙与管仲是多年的好朋友，两人的交情非常深。当管仲被送回齐国边境的时候，鲍叔牙把他从囚车中放出来并劝说管仲辅助齐桓公。管仲本来就有"治国平天下"的远大抱负，于是就答应了。

然而齐桓公一直对管仲射他一箭怀恨在心，想要处死管仲。鲍叔牙对齐桓公说："我的才能远远不及管仲，如果您想要治国图强在天下称霸，您就必须重用管仲。"

齐桓公是个非常爱惜人才的人，听鲍叔牙这样一说，便打消了杀管仲的念头。为了试探一下管仲到底有多大的才能，齐桓公便把管仲叫来与之进行一番对话。

齐桓公对管仲说："听说你非常有才能，我打算让你担任国家的重任，希望你辅助我治理好国家。"

管仲说："我本来是个应该被您砍头的罪人，但非常侥幸的是，您肯原谅我，让我保全了生命。只要您给我一口饭吃就很感恩了，哪还敢奢想担任国家的政治重任呢。"

齐桓公诚恳地说："我是个很重视人才的人，既然先生你有治国的大才，就恳请你接受我的任命，辅助我治理国家。实话对你讲，我这个人有三样很大的坏毛病，第一个毛病是我平生嗜好打猎，不管白天夜里，喜欢猎捕禽兽为乐。每次打猎，一定要猎获到很多动物才肯回来。所以在我打猎期间，各国来的大使要等很久也见不到我的面。这期间，政府里的百官和担任公职的人们，根本没有机会向我汇报请示。我只喜好玩乐，不喜欢办公做事，依你看，像我这样的人能做个好领导人吗？"

管仲说："这种习惯，坏是很坏，但并不是危害治国的关键。"

齐桓公又说："我第二个毛病是喜欢喝酒，不管白天黑夜，我经常连续地喝。在我喝酒的时候，那些外国来的使节也根本见不到我的面。"

管仲说："这也是个很坏的恶习惯，但也不是危害国家最关键的。"

齐桓公又接着说："我第三个毛病是非常喜欢女色，只要看到姿色好的女人我就会乱来。"

管仲说："这是个坏透了的习惯，但这也算不上是危害国家的关键。"

齐桓公听了管仲这样的答复后，感到很奇怪，他用一副不信任眼光盯着管仲问："你说像我这样有很坏的恶习惯的人都可以担当领导国家的大任，那么，人们还有什么不可以做的事呢？"

管仲说："做一个国家主体的领导人，最要紧的不是他有多少坏习惯，而是看他有没有治国的才能和智慧。如果一个君王没有智慧，同时又有优柔寡断、拿不定主张的个性，或是碰到事情时反应不敏捷，有这两种毛病的人，实在不足以担当治国的重任。因为优柔寡断、拿不定主张的君主让部下轻视，从而使国家失去崇敬信仰的重心，能干肯干的人才都不愿辅助这样的君主；如果一个君主碰到事情反应不灵敏，缺乏决断，做事糊里糊涂，这样的君主又怎么可以治理好国家呢？"

齐桓公一听，觉得很有道理，便又向管仲请教道："先生，依你看，我怎样做才能使国家富强呢？"

管仲回答道："要想使国家富强，社会发定，必须要先安抚民心。要想安抚民心，应当先从爱惜百姓做起。国君如果能够爱惜百姓，百姓自然也愿意为国家出力。爱惜百姓就得先使百姓富足，百姓富足以后国家就治理得好。您也知道，打仗的时候兵在精不在多。兵的战斗能力要强，士气必须旺盛。士气盛了，军队的训练就会更好。"

"凡是一个国家的君主，必须致力于四时农事，确保粮食贮备。国家财力充足，远方的人们就能自动迁来，本国的人民也能安心留住。衣食有富足后，人们自然会讲究礼节，知荣辱。君主的服用合乎法度，六亲就可以相安无事；四维发扬，君令就可以贯彻推行。因此，减少刑罚的关键，在于禁止奢侈；巩固国家的准则，在于整饬四维；教训人民的根本办法，则在于尊敬鬼神、祭祀山川、敬重祖宗和宗亲故旧。不注意天时，财富就不能增长；不注意地利，粮食就不会充足。田野荒芜废弃，人民也将由此而惰怠；君主挥霍无度，则人民胡作妄为；不注意禁止奢侈，则人民放纵淫荡；不堵塞这两个根源，犯罪者就会大量增多。不尊鬼神，小民就不能感悟；不祭山川，威令就不能远播；不敬祖宗，老百姓就会犯上；不尊重宗亲故旧，孝悌就不完备。四维不发扬，国家就会灭亡。"

"国家有四维，缺了一维，国家就倾斜；缺了两维，国家就危险；缺了三维，国家就颠覆；缺了四维，国家就会灭亡。倾斜可以扶正，危险可以挽救，倾覆可以再起，灭亡了，那就不可收拾了。什么是四维呢？一是礼，二是义，三是廉，四是耻。有礼，人们就不会超越应守的规范；有义，就不会妄自求进；有廉，就不会掩饰过错；有耻，就不会趋从坏人。人们不越出应守的规范，为君者的地位就安定；人们不妄自求进，就不会巧谋欺诈；人们不掩饰过错，行为就自然端正；人们不趋从坏人，邪乱的事情也就不会发生了。"

"政令所以能推行，在于顺应民心；政令所以废弛，在于违背民心。人民怕忧劳，我便使他安乐；人民怕贫贱，我便使他富贵；人民怕危难，我便使他安定；人民怕灭绝，我便使他生育繁息。因为我能使人民安乐，他们就可以为我承受忧劳；我能使人民富贵，他们就可以为我忍受贫贱；我能使人民安定，他们就可以为我承担危难；我能使人民生育繁息，他们也就不惜为我而牺牲了。单靠刑罚不足以使人民真正害怕，仅凭杀戮不足以使人民心悦诚服。刑罚繁重而人心不惧，法令就无法推行了；杀戮多行而人心不服，为君者的地位就危险了。因此，满足上述四种人民的愿望，疏远的自会亲近；强行上述四种人民厌恶的事情，亲近的也会叛离。由此可知，'予之于民就是取之于民'这个原则，是治国的法宝。"

"把国家建立在稳固的基础上，把粮食积存在取之不尽的粮仓里，把财货贮藏在用之不竭的府库里，把政令下达在流水源头上，把人民使用在无所争议的岗位上。向人们指出犯罪必死的道路，向人们敞开立功必赏的大门。不强干办不到的事，不追求得不到的利，不可立足于难得持久的地位，不去做不可再行的事情。所谓把国家建立在稳固的基础上，就是把政权交给有道德的人；所谓把粮食积存在取之不尽的粮仓里，就是要努力从事粮食生产；所谓把财富贮藏在用之不竭的府库里，就是要种植桑麻、饲养六畜；所谓把政令下达在流水源头上，就是要令顺民心；所谓把人民使用在无所争议的岗位上，就是要尽其所长；所谓向人民指出犯罪必死的道路，就是刑罚严厉；所谓向人民敞开立功必赏的大门，就是奖赏信实；所谓不强干办不到的事，就是要度量民力；所谓不追求得不到的利，就是不强迫人民去做他们厌恶的事情；所谓不可立足于难得持久的地位，就是不贪图一时侥幸；所谓不去做不可再行的事情，就是不欺骗人民。把政权交给有道德的人，国家就能安定；努力从事粮食生产，民食就会充足；种植桑麻、饲养六畜，人民就可以富裕。能做到令顺民心，威令就可以贯彻；使人民各尽所长，用品就能齐备；刑罚严厉，人民就不会去干坏事；奖赏信实，人民就不怕死难；量民力而行事，就可以事无不成；不强使人民干他们厌恶的事情，欺诈作假的行为就不会发生；不贪图一时侥幸，人民就不会抱怨；不欺骗人民，人民就拥戴君上。"

"按照治家的要求治理乡，乡不能治好；按照治乡的要求治理国，国不能治好；按照治国的要求治理天下，天下不可能治好。应该按照治家的要求治家，按照治乡的要求治乡，按照治国的要求治国，按照治天下的要求治理天下。不要因为不同姓，就不听取外姓人的意见；不要因为不同乡，就不采纳外乡人的办法；诸侯国不要因为不同国，就不听从别国人的主张。像天地对待万物，没有任何偏私偏爱；像日月普照一切，才算得上君主的气度。"

"驾驭人民奔什么方向，看君主重视什么；引导人民走什么门路，看君主提倡什么；号召人民走什么途径，看君主的好恶是什么。君主追求的东西，臣下就想得到；君主爱吃的东西，臣下就想尝试；君主喜欢的事情，臣下就想实行；君主厌恶的事情，臣下就想规避。因此，不要掩蔽你的过错，不要擅改你的法度；否则，贤者将无法帮助你。在室内讲话，要使全室的人知道；在堂上讲话，要使满堂的人知道。这样开诚布公，才称得上圣明的君主。单靠城郭沟渠，不一定能固守；仅有强大的武力和装备，不一定能御敌；地大物博，群众不一定就拥护。只有有道的君主，才能做到防患于未然，才可避免灾祸的发生。"

"天下不怕没有能臣，怕的是没有君主去使用他们；天下不怕没有财货，怕的是无人去管理它们。所以，通晓天时的人，可以任用为官长；没有私心的人，可以安排做官吏；通晓天时，善于用财，又能任用官吏的人，就可以奉为君主了。处事迟钝的人，总是落后于形势；吝啬财物的人，总是无人亲近；偏信小人的人，总是失掉贤能的人才。"

齐桓公非常欣赏管仲这套富国强兵、成就霸业的道理。于是，便对管仲说："先生说的非常有道理！请你先回官舍吧。过几天再请你来一起商量任用哪些人。"

管仲说："时间是很宝贵的，哪里可以等几天啊？！"

齐桓公说："那你说怎么办？"

管仲立即推荐了公子举、公子开方和曹孙宿三位人才，把他们派出去做鲁国、卫国和荆国的大使，先来稳定国际间的紧张局面。齐桓公立刻照办了。紧接着，管仲又安排了外交、农业经济、国防军事、司法行政、监察等五位大臣，并且对齐桓公说："这五个人，每个人都比我强，如果把我换做他们，无论哪一部的事都是我干不来的。假如你只想把齐国一国政治搞好，国富兵强，只要任用这五位大臣就行了。如果你想做列国的霸主，那就非我不可了。"

齐桓公说："好吧，都照你说的去办吧！"

不久，齐桓公就任用管仲为国相，位在鲍叔牙之上。鲍叔牙并没有因此而嫉妒管仲，反而与管仲齐心协力辅助齐桓公。

齐桓公重用管仲之后，经常向管仲请教国家大事。在治国上，管仲认为一定要先使人民富裕，人民富裕就容易治理，人民贫穷就难以治理。这是为什么呢？因为人民富裕了就会安于乡居而爱惜家园，安乡爱家了就会恭敬君上而畏惧刑罪，敬上畏罪了就容易治理了。人民贫穷后就不会安于乡居而轻视家园，不安于乡居而轻家就敢于对抗君上而违犯禁令，抗上犯禁就难以治理了。所以，治理得好的国家往往是富的，乱国必然是穷的。因此，善于主持国家的君主，一定要先使人民富裕起来，然后再加以治理。

在实行法治上，管仲认为英明的君主，掌握权谋策略而不可对民众有所欺瞒，明确法度禁令而自己也不能侵犯。

在发展国家经济方面，管仲认为要善于经营国际间贸易。重要的方法是密切关注各国市场行情，在各种相关物资的比价不断变化趋势中，充分利用价格政策，根据本国的需要鼓励进口或出口某项物资，从而使天下的资源财货皆能为我所用，即所谓"因天下以制天下"。如果国家需用某种物资鼓励进口时，就要在"天下高则高，天下下则下"的物价变化中，采取与之相背的措施，实行"天下下我独高"的价格，这样，这种物资便会归之如流水一般输进国内。反过来，对于需要鼓励出口的物资，例如鱼、盐、器械等，则在适当的机会采取"天下高我独下"的价格政策，这样，齐国的盐便可远销到"梁、赵、宋、卫濮阳之地。"

为了取得齐国所奇缺的各种稀缺物资，管仲认为还可以积敛黄金以作为购买手段。这样，不论多么遥远的货物皆可购得来。

管仲的一系列强国富民政策的出发点，概括来说就是"利益趋动"四个字。因为人的一切经济活动，都在于追逐利益，趋利避害，因而治理国家、强国富民的根本要务，或者说最有效的办法，就在于因势利导，用利益作杠杆，调动各方面的积极因素。

齐桓公在管仲的辅助下，使齐国很快强大起来，随后，齐桓公灭掉了郯、遂等国，成就了齐国的霸主地位。

少年奇才王弼

摘编 / 施进俊

公元 226 年，魏晋时期有一个显赫的书香世家家里添了一个男丁，取名王弼。王弼的曾外祖父是东汉末号称"八俊"之一、身为荆州牧的刘表。王弼的六世祖是东汉时名高天下、官至太尉、位列"三公"的高士王龚，王弼的继祖王粲是有名的大文豪，为"建安七子"之首，王弼的父亲王业，官至谒者仆射。

当时，刘表占据的荆州，是一个人才荟萃的地方，《后汉书·刘表传》记载："关西、兖、豫学士归者盖有千数。"

王弼生在这样世代书香之家，自幼受到知识的熏陶，自然得益不少。王弼从小学习、研讨儒、道，是一个多才多艺的少年。从十多岁开始，他就特别喜欢老庄学说。老子无为的思想和思辨的哲学，以及庄子逍遥于天地之间汪洋恣肆，通脱善辩，对少年的王弼都有非常大的吸引力。所以，成年后的王弼喜欢游乐于山水之间，大自然广宽的天地陶冶出他旷达的性格；音乐之美又使他超拔于自然之外。

然而，与大自然之美相对的，是复杂而又残酷的社会现实。于是，儒家的学说，老庄的思想，大自然的美，无情的现实，一起在少年王弼的头脑中产生了奇特的反映。认识现象，研究问题，探索本原，使得他年纪轻轻就接触到了社会政治、哲学等重大而深刻的问题，并对此作过深刻的思考。

王弼因博学多才，20岁时就小有名气。有一天，王弼去拜访他的父辈学者裴徽。裴徽当时虽然只是个吏部郎，但在思想界却享有盛名。让人没想到的是，裴徽和王弼少谈不久，便把关于有与无、儒与道、名教与自然等当时哲学领域的尖端问题向王弼提出来，请教王弼对这些问题的看法。

当时玄学对有无的理论已经确立，但对其中纷然杂陈的现象，它们之间的关系，尚未得到妥善解决。拿学术界尚未解决的问题去征求年轻的王弼的直接法，足见裴徽对王弼的看重了。

王弼根据自己的研究和体会，明确而又简洁地回答道："圣人体无，无又不可以为训，故言必及有，老、庄未免于有，恒训其所不足。"圣人指孔子。玄学家既尊重儒家孔子，又崇尚道家老子。王弼的回答，就照顾到了当时以儒学为核心的传统的价值观念，妥善地摆正了孔子与老子的地位，把儒道融为一体。王弼认为，无与有、本体与现象，结成了一对反复循环的关系。"无"不可以直接训说，必须通过"有"来阐明。孔子由于对"无"有了深刻的体验，尽管从不说"无"而只谈"有"，但处处都揭示了那隐蔽着的宇宙本体——无。而老子对"无"直接训说，却只停留在"有"的现象领域，而不能上升到高层次的体"无"的境界。王弼的这个回答等于是把前辈学者的研究又向前推进了一大步，建立起以无为本，现象与本体相结合的哲学体系。

这件事很快就在学术界传开了。不久，倡导玄学的首领、任吏部尚书的何晏，听到这消息后，迫不及待地接见了王弼。

年轻的王弼面对享有盛名的何晏，竟毫无忌讳地把自己注的《老子》的主要思想讲给何晏听。王弼说，世界的本体是"无"，世界的现象，即各种具体事物都是"有"，"无"是"本"，"有"是"末"。"无"是"万物之宗"，"无"能生"有"。"无"，有时又称为"道"。

王弼把"无"看成是万事万物的本原，"无"就是"道"，是生成宇宙万物的本体，是万物之宗。王弼说，叫不出名称，看不见形体的某种东西，是世界万物的宗主，它不是人们的眼耳口体等感官所能感知的，但它又无处不在。人们能感知只有现象，但大象、大音这种本原的东西，是看不见、听不到的，而各种事物的现象却都是由它形成的。又因为它"无形"所以就只好称它作"无"，也可以叫"道"。

王弼认为，"道"和"无"能生成万物，又存在于万物之中，谁也不能叫出它具体的名称来，只能意会而已。然后，王弼又借用古代"五行"的学说，赋予它新的意义。他说："天生五物，无物为用。"五物，又称五材，即金木水火土。它是自然界中存在的五种基本物质，是"有形"的东西，与生成万物的"无"是矛盾的，所以，有形的五物依靠"无"才能发挥作用，产生万物。"五物之母，不炎不寒，不柔不刚。"那仍然是没有寒热刚柔、不能感知的"无"。他借用老子的"无"来表达他自己对生成万物的原始物质的认识。这个"无"才是本，而一切的表象都是末，是由"本"产生出来的。

这种不能感知的细微物质又是怎样生成万物的呢？他说："中和备质，五材无名也。"无名，即无形。以无形的"五材"，即细微物质，通过"中和"的形式而生成万物。他的"中和"，不是有形物的掺和，不是保持物质原有特性的物理过程，而是通过化学的过程"中和"出有新特性的新物。他说："其为物也混成。""混成无形，不可得而定。""混然不可得而知，而万物由之以成，故曰'混成'也。""混成"的过程是看不见的，"物以之成，而不见其形。……成之不如机匠之裁。"它不像机匠剪裁那样，用有形物来拼合。人们最能感受、也最能反映这一过程的是"五味"的"混合"。"至和之调，五味不形"。完全是形成新物的合过程了。产生新物的这个过程，也不是"天"有意志、有目的行为结果，因为这些细微物质是"先天地生"，而为"天下母"。所以"天地任自然，无为无造，万物自相治理"。万物自然生成，这就摒弃了神化的天命论。

这次见面，本该是学术探讨，或是晚辈王弼向长者何晏讨教，岂知王弼用善辩的口才，滔滔不绝地讲出许多精辟的见解，而这些见解又恰恰是何晏赶不上的地方。所以，这次见面倒像是王弼在向何晏讲学，把个何晏听得哑口无言，只能"诺诺"称是而无法讨论，更不能拿架子以长者的身份阐说自己的观点。何晏因此极为赏识王弼，由衷地称赞他说："仲尼称后生可畏，若斯人者，可与言天人之际乎！"

所谓天人之际，就是人们对天道、自然与人的关系这个重大哲学问题的思考。王弼如此年轻，就已涉及当时哲学领域的关键问题，何晏自然很器重他。恰好黄门侍郎的位置空缺，何晏有意提拔王弼。然而当时大将军曹爽专擅朝政，他手下的尚书丁谧有意与何晏争衡，推荐高邑人王黎。结果曹爽任用王黎为黄门侍郎，而王弼仅补上了一个台郎之位。

王弼本是思想深刻、才识卓出、善谈玄理之人，而对做官的具体事务既不关心，也不是他的长处，所以他在官场上并不得意。王弼刚补职位很低的台郎时，曾经拜见曹爽。在这次难得的单独会谈中，他只是大谈了一通抽象的玄理，一点儿也未涉及其他方面的问题。结果遭到曹爽的嗤笑，也由此失去了一次晋升的机会。曹爽在思想上显然与王弼不属同一层次的人，此时的曹爽，关心的是如何巩固自己的地位，如何在与司马氏争权的斗争中占上风。而王弼却不能察颜观色，不能对手握大权的曹爽见机行事，反而口若悬河地去谈一些在曹爽看来一钱不值的废话。所以，王弼遭到曹爽的冷落是很自然的了。

王弼因缺乏在官场应变的能力，又清高自负而瞧不起别人，得罪了不少人，再加上他把全副精力放在哲学的研究中不善做具体事务，所以，在魏正始十年，他把小小的台郎的职位也给弄丢了。当年秋天，年仅24岁的王弼，被时疫夺去了生命。

王弼人虽死，但在他有限的时间内，写了很多著作。据史载，他著有《老子注》《老子指略》《周易注》《周易略例》《论语释疑》《王弼集》六卷。王弼擅长用义理来分析各种社会现象，并习惯用注经的方法来阐述自己的哲学观点和政治谋略。王弼结合了新时代的特点，利用儒家经学传统的影响，把自己的思想体系巧妙地贯串在注文之中，他打破了汉以来僵化的思维模式，可说是追求思想解放的先锋。

王弼以儒道兼采、以道为主，创立了魏晋玄学的思想体系，对儒学研究的转变起了功不可灭的积极作用。王弼研究所涉及的内容广泛而深刻，从哲学的"无"与"有"的关系，深入到各种现象与本质的关系，诸如意与象的关系、动与静的关系、一与多的关系等。另外，还包容了创作、欣赏、伦理、美学等众多的领域。

王弼不仅在魏晋时期的哲学、经学、思想界占统治地位，产生了巨大的影响，而且影响到文学创作，以及佛道两教在内的宗教界。其后文学上的玄言诗、山水诗及田园诗，不能说与王弼的玄学思想和崇尚自然无关，而宋明理学则是在王弼重义理、善思辨的基础上发展的结果。

《中庸》的故事

摘编 / 木杨

在远古时代，堪称圣神的上古之人逐渐从对"天"的观察活动中总结出了宇宙的普遍规律，并将其称之为"道"，使其一代代地传下来。人文始祖尧帝传位给舜的时候所说的话有"允执厥中"；舜帝传位给禹的时候所说的话也有"人心惟危，道心惟微，惟精惟一，允执厥中"。

尧说的那一句话，就已经讲清楚了什么是"道"的至极之理，也已经完全包容了至极之理的内容。而舜后来在这一句话上又加上另外三句，是为了更好地说明尧所说的那句话的前因后果，因为只有明白了前因后果才有可能对"道"的理解达到既精且微的"庶几"的地步。

所以，自从人类得到"道"以来，一代代圣人相互传承，这样的传统称之为"道统"，即是关于"道"的传统。像至圣先师孔子，虽然本人没有朝廷的官爵禄位，然而，由于其继承整理了以往圣人关于"道"的学问，为后来的人在学习"道"的学问上开辟了道路，其在"道"的功德方面甚至还远胜于尧舜这样的君王。

孔子之后，对于"道"能由"见"而能达到"知"境界的，只有弟子颜回和曾参，这两人可说是真正体悟到了"道"的本质，得到了孔子的真传。其后由曾参再往下传，又回传到孔子的孙儿子思那里。

子思生活的时代，正是我国动荡不安的战国年代，时代的总体特征正如西汉经学家刘向所说："上无天子，下无方伯，力攻争强，胜者为君，兵革不休，诈伪并起。"

当时的各个大诸侯国都是欲争当"霸主"以主宰中国。对内力图改革，以富国强兵，对外则进行残酷的掠夺、兼并以扩大疆土。

在这样的年代里，涌现出一批"策士"。他们四处奔波，游说诸侯，为之出谋划策。这些"策士"们关心的并非人民的痛苦和社会的动荡，所追求的是个人名利。

这时的学界已与孔子的圣学相去已远，各种异端邪学已经繁衍起来。

子思恐怕时日愈久远则道统的真正学问也会流失得愈多，所以按照尧舜相传的关于"道"的本来之深意，加之平日从父辈和老师之处所得到的见闻，相互参照演绎，做成书《中庸》，以将道统的精髓诏告于后世的学者。

"'中'是适合，'庸'是按照适宜的方式做事。而按照适宜的方式做事就可以长久，就是'善'。""中庸精神"就是适度把握，按照适中方式做事，并力求保持在一个合情合理的范围之内。

有一天，孔子和弟子们聚在一起讨论学问。弟子子贡问孔子："老师，子张和子夏哪一个贤一些？"

孔子说："子张过分；子夏不够。"

子贡又问："那么，'过分'是不是比'不够'贤一些呢？"

孔子说："'过分'与'不够'貌似不同，其实质却都是一样的，都不符合中庸的要求。中庸的要求是恰到好处，君子中庸，小人违背中庸。君子之所以中庸，是因为君子随时做到适中，无过无不及；小人之所以违背中庸，是因为小人肆无忌惮，专走极端。"

子贡又问道："老师，怎么样才能够完全做到中庸呢？"

孔子长叹了一口气道："天下国家可以治理，官爵俸禄可以放弃，雪白的刀刃可以践踏而过，中庸却不容易做到啊。"

子贡又问："为什么中庸不容易做到呢？"

孔子说："中庸之道不能实行的原因是：聪明的人自以为是，认识过了头；愚蠢的人智力不及，不能理解它。中庸之道不能弘扬的原因是：贤能的人做得太过分；不贤的人根本做不到。无论是智还是愚，无论是贤还是不肖，都是因为缺乏对'道'的自觉性。就像人们每天都要吃喝，但却很少有人能够真正品尝食物的滋味。"

"人人都说自己聪明，可是被驱赶到罗网陷阱中去却不知躲避。人人都说自己聪明，可是选择了中庸之道却连一个月时间也不能坚持。"

子贡又问："老师，什么样的人才能够做到中庸呢？"

孔子说："像舜那样具有大智慧的人！舜喜欢向人问问题，又善于分析别人浅近话语里的含义。隐藏人家的坏处，宣扬人家的好处。过与不及两端的意见他都掌握，采纳适中的用于老百姓。这就是舜之所以为舜的地方吧！"

孔子对中庸之道持高扬和捍卫态度，是因为一般人对中庸的理解往往过于肤浅，看得比较容易。正是针对这种情况，孔子才把它推到了比赴汤蹈火、治国平天下还难的境地，目的是为了引起人们对中庸之道的高度重视。

孔子说："中庸作为一种道德，是至高无上的啊！老百姓缺乏这种道德已经很久了。"

天下人共有的伦常关系有五项：君臣、父子、夫妇、兄弟、朋友。为了保持彼此之间统一和谐的关系，孔子认为彼此的行动都要有一个"度"，超过或不足都会破坏这种统一和谐的关系。

在诸侯国之间的关系上，孔子针对当时王室衰弱、诸侯争霸的现实，要求大国在"尊王攘夷"的旗号下以盟会的方式维持列国之间的平衡。他所以对齐桓公和管仲由衷地赞扬，就是因为他们在实现齐国霸业的同时维护了周王室的地位和列国的稳定。

有一天，鲁哀公向孔子询问："怎么样才能把国家治理好？"

孔子说："周文王、周武王的政事都记载在典籍上。他们在世时，这些政事就能得以实施；他们去世后，这些政事也就废弛了。治理人的途径是勤于政事；治理地的途径是多种树木。说起来，政事就像芦苇一样，完全取决于用什么人。要得到适用的人在于修养自己，修养自己在于遵循大道，遵循大道要从仁义做起。仁就是爱人，亲爱亲族是最大的仁。义就是事事做得适宜，尊重贤人是最大的义。至于说亲爱亲族要分亲疏，尊重贤人要有等级，这都是礼的要求。所以，君子不能不修养自己。要修养自己，不能不侍奉亲族；要侍奉亲族，不能不了解他人；要了解他人，不能不知道天理。"

在个人道德修养上，孔子要求人们，特别是君子应把两种看起来互相矛盾的品格恰到好处地结合在一起，使之处于一种完善的标准状态。

一日，弟子子贡向孔子问道："老师，贫穷而不去巴结人，富有而不骄傲自大，这种人怎么样呢？"

孔子说："这种算是有一定品格的人，但是这种人不如贫穷而仍然快乐，富有而尚好礼节的人。"又说，"君子矜持而不争执，就会疑惑不决。"

子贡又问："老师，奢侈跟节俭相比，哪个更不好呢？"

孔子说："奢侈就会不恭顺，节俭就会寒碜。与其不恭顺，宁可寒碜。"

孔子在个人道德修养方面要求对每一种品格都能把握一个恰到好处的"度"，这就是一个君子的形象。

在处理人伦关系上，孔子把中庸与礼联系起来，实际上既讲等级尊卑，要求每个人充分意识到自己在社会上的地位，不僭越、不凌下，同时又调和、节制对立双方的矛盾，使不同等级的人互敬互让，和睦相处，使整个社会和谐地运行。

孔子中庸学说的真谛在于，礼的应用，以和为贵，礼是一种治国的艺术、处世的艺术和自我修养的艺术。其主要原则有三条：一是慎独自修；二是忠恕宽容；三是至诚尽性。其中心目的不外乎要求人们正视自己的等级名分，一切都在礼的框架内活动，以求得上下关系的和谐与社会的安宁。

《中庸》原是《小戴礼记》中的一篇。旧说《中庸》是子思所作。其实是秦汉时儒家的作品。它也是我国古代讨论教育理论的重要论著。北宋经学家程颢、程颐极力尊崇《中庸》。南宋著名思想家朱熹又作《中庸集注》，并把《中庸》和《大学》《论语》《孟子》并列称为"四书"。宋、元以后，《中庸》成为学校官定的教科书和科举考试的必读书，对我国古代教育产生了极大的影响。《中庸》作为我国古典哲学，曾广泛而深刻地影响了我国历史的发展，也为世界文化宝库贡献了辉煌的篇章。

每天阅读半小时

摘编 / 慧超

　　书籍是人类智慧的结晶，是人类社会进步的阶梯。一个人如果从小养成良好的阅读习惯，一生都会受益无穷；一个民族具有热爱阅读的追求与行动，这个民族就会充满智慧和希望。1972 年联合国教科文组织向世界发出"走向阅读社会"的召唤；1995 年，联合国教科文组织又把每年的 4 月 23 日定为"世界读书日"，提出"让世界上的每一个角落的每一个人都能读到书"。

　　书籍存储着政治、历史、哲学、文学、管理学、社会学、经济学、儒学、道学等包罗万象的人类智慧。学生时代，我们为学习知识而读书；走向社会后，我们为了充实自己，陶冶情操，更需要读书。利用自己的空余时间阅读书籍，等同于借助别人的经验或智慧来提高自己。

　　历史上很多伟人都热爱读书。我们伟大的领袖毛泽东主席就是热爱读书的典范。毛主席一生嗜书如命，酷爱读书。他的睡床、办公桌、休息室，甚至连洗手间都放着书，不管走到哪里，他都是书不离身手不释卷。20 世纪 70 年代，毛主席的身体状况越来越差。到 1976 年，他更加憔悴苍老，肺心病时刻在困扰着他。在他已完全不能进食，只能在鼻子下面插着氧气管和鼻饲管，以此维持着生命的最后一丝绿色的时刻，毛主席读书的精神仍丝毫未减，仍然以惊人的毅力坚持天天读书。就在他临终的那天早上，在医生抢救他的情况下，他还坚持读了 7 分钟书。

可以说，毛主席是"人可一日不食肉，不可一日不读书"的最好写照。清朝萧抡在《读书有所见作》中说："一日不读书，胸臆无佳想，一月不读书，耳目失清爽。"古代士人一日不读书，便觉俗气冲天，三日不读书便面目可憎，言语无味。由此可见读书的重要性。

不同类别的书，作用也不一样。书籍大体可分为三类，一类是休闲放松所用的，在人闲暇时可使人放松、快乐。如阅读小说杂文一类的书籍，就犹如做了一次脑部的休闲按摩。一类是知识性工具性的。通过阅读学习这样一些书籍，能够丰富自己的知识和技能，弥补自己的不足，更好地适应自己工作生活的要求。还有一类是具有思想性、哲学性的，这类书能塑造人的思想境界，能提升人的人生观和价值观。我国儒家、道家的经典著作之类的书籍就属于这第三类。这类书对丰富、充实我们的生活，对提高我们自身的素质和修养会起到大的作用，阅读这类书会使我们在时代的大潮中站的更高看得更远，在人生的旅途中少一些迷茫和困惑，多一些练达和明辨。

鲁迅先生说过两句关于读书和惜时的话，第一句是："世界上哪有什么天才，我只不过是把别人喝咖啡的时间用来看书罢了。"第二句是："时间就是海绵里的水，只要你去挤，总会是有的。"

奥斯勒是加拿大著名的医师、医学教育家，他因为成功地研究了血小板等医学问题而名扬四海。由于他对事业的热爱和兼任多种社会工作，因而除了睡觉、吃饭外，他的日程表里排满了工作内容，甚至于连读书的时间都没有。为了挤时间看书，他规定自己必须在睡觉前抽出15分钟来阅读喜欢的书。因此，无论忙碌到多晚才进卧室，他也一定要读15分钟的书才入睡。

多年之后，奥斯勒对睡前15分钟的效果进行过计算。就一般的阅读速度而言，一分钟可以读300字，15分钟便能读4500个字，一星期可以读3.15万字左右，一个月读完12.6万字没有问题。那么，一年下来就可以阅读 20 本书。而奥斯勒自己坚持睡前读书 15 分钟达半个多世纪，共读了 8235 万字，约 1098 本书！

"睡前 15 分钟"的博学广闻，不但使奥斯勒的医学研究硕果累累，还让他这个医学专家成了文学研究家。

我们再忙，总没有奥斯勒忙。所以，如果我们不想成为一个俗气冲天、面目可憎和言语无味的人，就请每天抽出半个小时读书吧。时代的飞速发展也需要我们不断地读书，不断充实自己。也只有我们不断涉猎书籍宝藏，才能在各种难题和挑战面前获得破解难题和夺取胜利的锦囊妙计。

阅读不受时间和空间的局限，阅读可以我们使思接千载、出入六合，可以使我们与大家巨擘攀谈、与巨人英雄对话。我们只有把读书当作一日三餐的生活习惯，让读书成为每天必不可少的生活内容，这样才能适应社会的发展，跟上时代前进的步伐。

新春话福 福在身边

文／匡天龙

在新年到来之际，人们在大街小巷、乡村民院都可以见到"福"字的对联和倒贴着的大红"福"字，这使人感受到中国传统节日——春节里"迎春接福"，福在身边的深厚气息。

古往今来，"福"在人们心中是吉祥的。新春接福无论过去还是现在，都寄托了人们对幸福的向往，也是对美好未来的祝愿。由此，民间"福"的对联比比皆是：如："吉星高照平安宅，福曜常临积善家"、"百福尽随新节至，千祥皆目早春来"、"门迎春夏秋冬福，户纳东西南北财"、"福如东海长流水，寿比南山不老松"、"天增岁月人增寿，春满乾坤福满门"等等。人们对这个"福"都寄予厚望，希望福能给自己带来好运，能实现人生之梦的圆满。然而，对福的理解各有不同，有人认为福者富也，有钱是福；有人认为福者辅也，是辅佐帝业的宰相，做官是福；有人认为福者佛也，参禅是福；也有人认为福者糊也，糊涂是福；过去，民间还有"多子多福"的观念等等。

据考证，这"福"的丰富内涵在《书经》中讲得最为深刻透彻。《书·洪范》论"九畴"中提出治理天下的九种方法，其第九种为"五福"。即"一曰寿，二曰富，三曰康宁，四曰修好德，五曰考终命"。这"五福"之中，除"寿"和"考终命"是属于自然规律之外，其余三福都是受个人因素影响的，而且关系密切，互为作用的。首先，这"五福"把"富"列为"福"之本，说明"福"要靠自己去创造，使物质财富增加，生活不断改善，否则，穷困潦倒，何以言"福"？再说，这"富"还得与"德"结合起来，要靠勤奋致富，守法致富，文明致富。倘若为富不仁，见利忘义，违法悖理，那这"富"实为"祸"之根，决非"福"之源了。在"五福"中还包括了"康宁"。即幸福不仅意味着有健康的体魄，而且表现为安宁的社会生活，"安居"才能"乐业"。由此，给我们有益的启示是把"富"、"修好德"、"康宁"有机地结合在一起，再加上"寿"和"考终命"，才是"福"的完整概念。

党的十八大确立了全面建设小康社会的宏伟目标无疑又是这股潮流的助推器。而这些正是"福"的宝贵成果，它正把人类理想的"五福"佳境逐渐地转化为现实，让人民真正过上幸福美满的生活。

无路天堂

——《夏至未至》读后感

文 / 宋和煦

没有任何路可以通向天堂，亦没有任何一支利箭能穿透你迷茫的眼……

——题记

其实在看小四的《夏至未至》这本书之前，一直在看着笛安的《西决》。这两本都不错，都描写了一次又一次伟大的转瞬即逝的盛大青春焰火。不同的是，相对于《西决》，《夏至未至》更让我觉得刻骨铭心。

《夏至未至》的故事开始于一个虚构的中国城市浅川，一个北方长满高大香樟的城市。几个年轻的人——立夏、陆之昂、傅小司、程七七遇见以及在这里开始了自己的高中生活，一切都似乎格外的平静和缓慢，带着夏日特有的让人昏昏欲睡的叙述情绪，仿佛夏日午后浓烈如同泼墨的阳光一样，故事就在这样的环境里开始。

立夏是一个有梦的女孩，在浅川一中遇见了陆之昂与傅小司。然后故事就围绕着他们几个人开始了。

接下来，最为平凡的几个高中生开始有了各自的人生路程：陆之昂的母亲因为癌症去世，深刻地改变了他的性格；傅小司因为参加津川美术大赛一举成名，成为全中国都有小有名气的插画家；喜欢傅小司已久的立夏，努力让他喜欢自己，最终二人在高中度过了甜蜜的高中时光。之后那些曾经在一起的年轻人因为毕业而分离，立夏和傅小司去北京继续念书，陆之昂去了日本，七七去了上海。从小孤独的遇见，被迫放弃了自己在浅川的一段与青田的美好感情而单独去了北京，开始为实现自己的歌唱的梦想而努力。

随着高中和大学毕业，成人世界的大门打开，本书也从一开始缓慢而安静的叙述被快节奏的变故所取代，里面的世界一点一点地展现在他们面前。从此每个人的命运都有了千差万别：

傅小司的画集发行后，他红遍了全中国；

立夏成为了傅小司的助手兼他的另一半；

七七在上海因为一次陪朋友参加歌唱比赛而成为了歌手，在发完第一张唱片之后飞速成为全中国的青春偶像；

反倒是一直为了唱歌而努力的遇见，却在北京辛苦地生活，但是她却依然没有放弃成为最好的歌手的梦想……

在世界的各个角落，这些曾经拥有梦想的年轻人都在各自奋斗……

然而，命运多舛，世事难料。随之，陆之昂入狱、程七七背叛、立夏离开、傅小司随即悲伤难耐……

他们因沾染世俗而变得随波逐流，他们在美好的友情中摧毁自己，他们因至深的友情、比爱情更加珍贵的友情而遗忘当初最美好的承诺……

正在每个人都被急速到来的世界冲撞得看不清未来的时候，他们并不知道之后的更大的逆境就要降临，也正是接踵而至的变故，几乎完全逆转并摧毁了每个人的人生……

我至今不知道我是怎么看完这本书的，只依稀记得合上书时我紧闭着流泪的双眼，一如落落所说的"无限触到读者的泪腺"。

闭上双眼，我仿佛能想象到：曾经有那么一个女孩背靠着香樟，抱着一本不知名的美术杂志只为看一幅名为"祭司"所作的画；

曾经有一个好看的少年，一个邪魅的少年，漫步在香樟树下，兀自寻找一个又一个透过树叶间隙照进的阳光在地面上形成的斑驳的光斑；

曾经有一个少女总在晚自习时去酒吧唱歌，只为好友的尊严；

曾经有两个干净的少年和两个甜美的少女在下课时互相说笑，打闹；

曾经有一个少女在另一个少女站起身来回答问题，不时好心递上回答纸条；

……

可现实却总是不尽如人意，人心的善变和社会的残酷，让这场每人都纯洁赴约的盛大青春宴会曲终人散时会各怀鬼胎。

别问我为什么，这才是真正的青春焰火，虽然只有瞬间，却耀眼地照亮了全世界。

有人说小四的文章总会赚足了读者的眼泪，而事实上也是，小四在甜美的春后又写下了热情的夏，而在火热的夏的身后，在谁也不知道的情况下布置了残酷的凄怆的秋和冬。小四会在你认为就是结局时将所有的美好扼杀在怀中，动作麻利、干净。随后会在你没有丝毫察觉时，将你认为的结局活生生地钉在十字架上：风吹日晒，电闪雷劈，然后在众神凛冽的目光下，孤独而不舍地死去。

然后，他会不被允许去天堂，仅仅就这一点，地狱也对它无门。

这便是结局，真正的被撒旦剥削过的结局。

（本文原载《中国中学生报》）

校园文摘系列丛书征稿

  阅读可以使学生增长见识，可以提高学生写作水平；阅读可以陶冶学生性情，使学生变得温文尔雅、富有修养；阅读可以给学生带来无限遐想和乐趣，给学生带来智慧源泉和精神力量；阅读可以磨炼学生意志，让学生的心灵逐渐充实、成熟。

  为满足广大读者要求，中央编译出版社将继续开展"校园文摘系列丛书"征稿活动，让我们从"学生阅读"读起，从朴实无华、意蕴丰富的文字中感受阅读的魅力。

一 征文对象及内容

  征稿对象为全国大中学生。可以个人投稿，也可以学校、班级或文学社团为单位组织供稿。作品的体裁、内容不作任何限制。篇幅限 1300~2500 字之间。优秀来稿将分别入选面向全国发行的"校园文摘系列丛书"。

二 征文要求

  1. 文笔流畅，有真情实感，活泼新颖。
  2. 投稿作品必须是本人原创，不得抄袭、套改。如涉及法律问题，由作者本人负责。

三 投稿时间

  即日起至 2018 年 12 月 30 日止。

四 投稿须知

  1. 投稿限发 word 文档电子稿。每人可投 3~5 篇。优秀作品可根据题材分别入选多本图书相关栏目。
  2. 来稿在文末附上以下内容：文章标题、作者姓名、邮寄地址、电子信箱、电话、QQ。
  3. 来稿在 90 天内未收到采用通知的作者，稿件自行处理，三个月内请勿一稿多投！
  4. 所有来稿均视为作者已同意本作品选编入中央编译出版社相关图书。不同意以上约定的作者请勿来稿。

电子邮箱： cctp8299288@163.com
作者交流 QQ 群： 63601654

著名少年作家万亿新作《我在成都等你》
即将与读者见面

万亿，一个 16 岁的少年，已出版 6 本小说。这位小作者似乎在继承韩寒，郭敬明等青年作家的衣钵，秉承他们对青春、对人生的一贯写作手法，将自己的感受丰富化而已。

"清晨的阳光落在他脸上，光影从额头沿着眉心迤逦向下，经过秀挺的鼻梁，微微弯起弧度的嘴唇，最后汇集到眼睛里，浓密的长睫不停震颤，为眼睑下覆上阴影，却遮不住他瞳孔里潋滟流转的光。"

一眼看去，谁会料见这出自于一位 16 岁孩子的手笔呢？固然，其文章的手法带有漫画性，但也正是如此，才使本书特征凸显无疑。就像电影《致青春》一般，没有什么惊世骇俗的人生哲理，就是一股清流，一首简单的青春之歌。

暗恋，执着，迷惘。这些词都被作者熟练的揉捏于青春故事中。发酵成一种芬芳！

《作文 36 技》
学生写作必备图书

《作文 36 技》是一本非常受学生欢迎的图书。该书共分 36 个专题，每个专题都分为"名家垂范""名师指点""名题演练""名卷展示"四个板块。乍看只是总结了一些写作的技巧，细究却分明提出了一种语文教学的新思路：从阅读走向写作。

这本书的问世，填补了目前中学作文教材的一项空白！相信青少年朋友们能从这本书中获得启示，去抒写自己芬芳而绚烂的人生！教育界多位专家推荐此书！

定价：38 元　全国各地新华书店有售

书 名：《超脱考试做领袖》

作 者：陈济安

定 价：30元

　　郭传杰、冯恩洪、毕诚等著名教育家认为：《超脱考试做领袖》一书非常适合大中学生、教师、家长和有志青年阅读参考，称此书是一部不可多得的励志佳作。

　　该书是一部"教人识道用器，学会学习、少有相似，独创一帜"的原创佳作。